我在北大的日子

——北大 120 周年校庆台湾校友献礼

黄裕峯　主编

九州出版社
JIUZHOUPRESS　全国百佳图书出版单位

图书在版编目（CIP）数据

我在北大的日子 / 黄裕峯主编. —— 北京 ：九州出
版社，2020.1
　　ISBN 978-7-5108-9057-4

　　Ⅰ．①我… Ⅱ．①黄… Ⅲ．①访问记－作品集－中国
－当代 Ⅳ．①I253

中国版本图书馆CIP数据核字(2020)第117150号

我在北大的日子

作　　　者	黄裕峯　主编
出版发行	九州出版社
地　　　址	北京市西城区阜外大街甲 35 号（100037）
发行电话	（010）68992190/3/5/6
网　　　址	www.jiuzhoupress.com
电子信箱	jiuzhou@jiuzhoupress.com
印　　　刷	北京九州迅驰传媒文化有限公司
开　　　本	880 毫米 ×1230 毫米　32 开
印　　　张	9.125
字　　　数	140 千字
版　　　次	2020 年 7 月第 1 版
印　　　次	2020 年 7 月第 1 次印刷
书　　　号	ISBN 978-7-5108-9057-4
定　　　价	46.00 元

编委会

目　录

学长题词 /1

传承 /1948 届建筑系 / 苏金铎 & 1947 届中文系 / 许志俭 /1

乡愁，徘徊在异乡与故乡间 /2007 级艺术学院 / 曹予恩 /8

为爱而跨 / 哲学系博士后研究员 / 陈文成 /15

忆难忘 /1998 级法学院 / 陈希佳 /23

在未名湖滑冰 /2016 级人口研究所 / 高显治 /31

十年之缘 /2002 级政府管理学院中国政府与政治专业 / 桂宏诚 /38

跟高素质的人在一起很舒服 /2002 级经济学院 / 郭国圣 /43

致自己的 52 句励志名言 / 医学院 / 郭姿兰 /49

非常值得 /2016 级医学部 / 胡峰宾 /55

人生就是一场义无反顾的旅行 /2016 级政府管理学院 / 黄锦泓 /59

关于北大的那些"特别的"缘分 /2001 级法学院 / 黄信瑜 /67

我在北大的日子 /2015 级光华管理学院 / 黄宣玮 /76

心之所向，素履以往 /2018 级心理与认知科学学院心理学临床专业 / 黄学勇 /84

北大"分部的分部"，有这些故事 /2017 级集成电路设计专业 / 柯谚泽 /90

透过北大看世界 /2016 级法学院 / 赖苡任 /96

中国文化与北大精神 / 艺术学院 / 李翰莹 /105

那一年，北大 /2018 级光华管理学院交流生 / 李庭萱 /111

让母校以我为荣 /1999 级法学院 / 李玉文 /117

孕育第一流人才的摇篮 / 法学院 / 李正言 /124

我在北大成长 /2016 级软件与电子学院 / 林长乐 /131

教育是条长河，学习永无止境 /2016 级教育学院 / 林彦廷 /134

物超所值的北大兼读生活 /2002 级政府管理学院 / 刘廷扬 /142

最重要的决定改变了自己 /2010 级经济学院 / 吕国豪 /152

珍惜那段与北大的时光 /1998 级政治与行政管理系 / 邱志淳 /160

求学北大是从病床醒来最想做的事 /2013 级新闻与传播学院 / 唐圣瀚 /164

北大的缘起及回眸 /1999 级经济学院 / 王卫平 /173

十年前，奔赴梦想 /2009 级考古文博专业 / 王怡苹 /185

20 年前的北京不是现在的北京 /1998 级人文学 / 向前 /193

我来锻炼自己 /2013 级国关学院 / 许晋铭 /202

峥嵘的流年 /2002 级经济学院 / 许璨文 /209

时光偷不走的情分 /1999 级法律系 / 徐牧柔 /217

眼底未名水，胸中黄河月 / 国际关系专业 / 杨嘉承 /225

你真的是北大学生吗 /2015 级艺术学院 / 杨若昕 /232

眼里北大与台大 /2018 级经济学院交流生 / 游智涵 /240

体验真实的大陆 /2013 级哲学系 / 张锦芬 /246

北大求学改变我的一生 /2003 级艺术学院 / 张若梅 /253

有障碍也不离开 /2015 级元培学院 / 张翔 /258

感受差异并前行 /2000 级法学院 / 赵世聪 /264

北大环境激发潜力 /2001 级经济学院 / 周呈奇 /272

我在北大的日子·一句话 /277

恭祝
北京大学120周年校庆
生日快乐！
1947年中国语文系毕业生
许志俭 敬贺 2018年10月22日
整名台湾新北市淡水
三芝区双连老人安养
中心时年94岁

1947 届中国语文学系　许志俭贺词

恭祝母校120年校庆
苏金铎敬贺
1948年建筑工程系毕业
北大人在台湾　苏金铎
2018.10.22 拉斯维加斯（中心）
三芝双连安养中心

1948 届建筑工程学系　苏金铎贺词

传承

□ 1948 届建筑系　苏金铎 & 1947 届中文系　许志俭

2019 年五四前夕，经台湾校友许璨文学姐的热心牵线，由北京大学工学院助理院长、北京大学工学院校友会会长李咏梅老师以及工学院智能仿生设计实验室主任谢广明教授代表拜访了现居台北淡水三芝双连赡养中心的北大建筑系 1948 届苏金铎学长以及中文系 1947 届许志俭学姐。而我是今年刚被工学院录取的台湾学生，9 月即将进入谢教授的实验室，很高兴能赶上这个机会来拜见老学长们。

工学院一行拜访苏金铎校友（左一为许璆文）

　　到达淡水后，李咏梅老师首先向老校友们表达感谢之意，感谢他们在北大工学院成立院友会时的热心支持。忆当时，1946 年土木系毕业的郎志仁老学长一笔一笔认真写下每一位在台工学人的汇款单，每个字都承载了对母校母院满满的爱。李咏梅老师代表校友会向老校友赠送了北大历史图书三册：由北大校友会编纂的《北大岁月·1946—1949 的记忆》及工学院主编的《青春梦·北大根——北大工学 1910—1952》《百载传承，十年臻工——工学缘·北京大学工学院重建十周年特辑》。书封面上的校园老照片，瞬间勾起老校

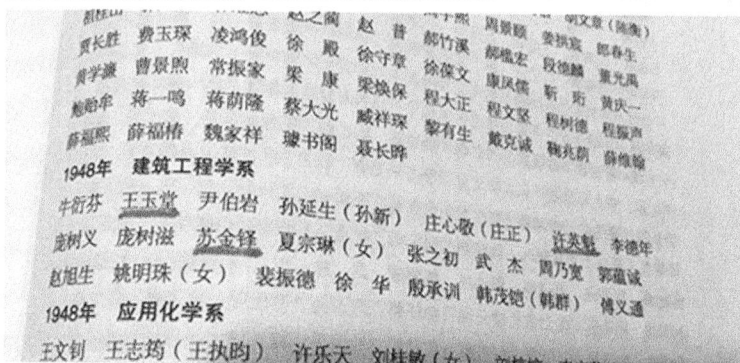

北大历史图书三册，名字下画线的是当年北大工学院建筑系的"三剑客"：苏金铎、王玉堂、许英魁

友们对当年工学院建筑系"三剑客"——苏金铎、王玉堂、许英魁三人同窗生活的回忆，校园生活的点滴跃然脑海，唤起对母校、对师生情谊那份深沉的爱。校友会还特别准备了带有校徽图案的"北大红"领带，老学长更是爱不释手，直嚷着要打上红领带才肯拍照。在谈话中，对于老校友口中的

各个北大的著名景点以及校史，尚未入学的我更是心神向往，更加期待 9 月到北大身临其境、徜徉其中。

谈话中最令我动容的是，老学长、学姐对于台湾历史的了解以及在其中扮演的角色。1945 年对日抗战胜利后，苏金铎老学长在 1948 年即赴台参与战后重建工作，做出了极大贡献；台湾各大名胜以及知名历史建筑物中处处可见老学长的名字，他对这些建筑物就如同亲生的孩子一般了如指掌，甚至比从前我们在历史课本上所见还要详细。岁月催人老，当时 30 多人的工学院旅台同学会，70 年后只余几人健在。看到如今又有我们这些新鲜血液加入传承，老学长甚感欣慰。

中文系的许志俭学姐于 1947 年毕业后，随即与其他中文系应届毕业的五位同学一起到台湾推行中文普通话教育，当时学校给每个人两块大洋的路费，还一路护送到台湾。许学姐一开始到台湾师范大学中文系担任助教工作，接着又到台湾师范大学附属高级中学担任中文教师，春风化雨作育英才，70 多岁时在天主教辅仁大学语言中心仍继续发光发热教外国人学中文，一生致力于推广中华文化，实在是令人倍感敬佩。

在参访赡养中心时，一路上我看到许学姐保持着乐观开朗的微笑，熟练使用台湾闽南语、日语、印尼语、泰语等与赡养中心的老人和照顾他们的外籍护工打招呼，并且预告 5 月还要再到北京，看看北大红楼、看看当年中文系的老同学，对谢教授的研究项目机器人也是充满兴趣。许学姐秉持活到老学到老的精神，永远是光明向上的生活态度，这大概就是老校友的长寿哲学吧！

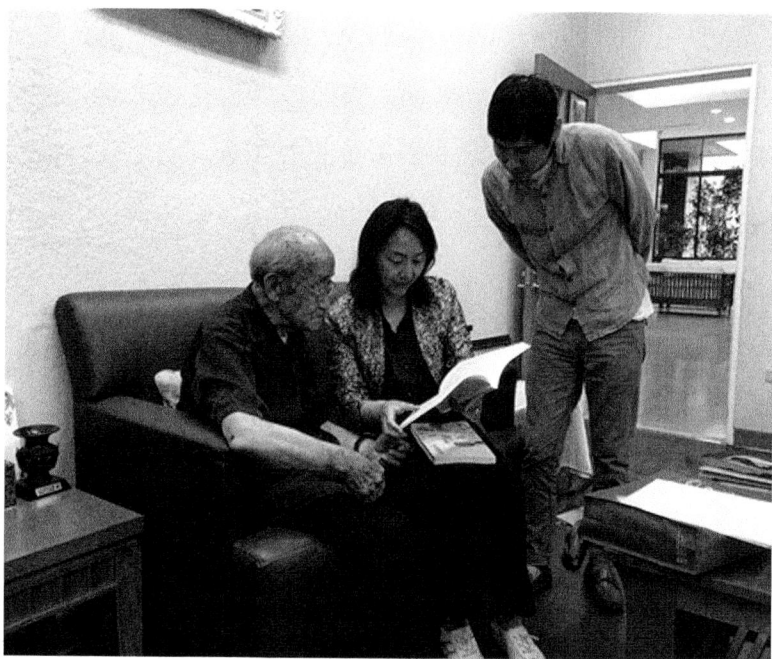

李咏梅老师、谢广明老师与苏金铎学长共阅《青春梦·北大根——北大工学 1910—1952》

李老师亲切关怀老校友们在赡养中心的生活情况，分别到苏金铎学长和许志俭学姐的房间参观，并了解赡养中心提供的各项文娱体育设施。当天中午，许学姐设宴款待远道来访的工学院师生一行。席间苏学长分享了他在北大4年的回忆。许学姐则是拿出老照片，分享1998年北大百年校庆之际旅台同学会返校参观时在北大西门的合影以及与北大考古大家宿白先生夫妇的情谊。

回想我自己本身的家庭背景，我的爷爷在战争时期与家人离散，1949年渡海来台，当即与家人失去联系，直到1987年开放探亲才联系上了在河北省隆化县的家人，说起来我的爷爷与苏金铎学长也算是同乡（河北省抚宁县）呢。

老学长、学姐这一辈人经历了战乱以及与家人失散的50年，我爷爷甚至在1989年第一次踏上归乡的旅途时才知道父亲已逝，连最后一面都没见到。这种伤痛是我辈生活在和平年代无法感同身受的，因此我们更应该好好珍惜与尊重这些由上一代人历经血泪所建立的美好生活。海峡两岸的血缘关系由他们传承至今，这是一份无法割舍的牵挂。如今我的爷爷已然逝世，老学长他们也都行动不便；对我来说，去北大念书这件事更像是带着上一辈的期许，带着这份经历战乱、远渡来台的传承，重新踏上返乡的归途。

访问合影（左起：许志俭、谢广明、苏金铎、李咏梅、本文作者房昱安）

（撰稿人：工学院 2019 级硕士　房昱安）

乡愁，徘徊在异乡与故乡间

□ 2007 级艺术学院　曹予恩

北大，一朵记忆中盛开的夏荷

北大，是那朵记忆中盛开的夏荷。记得第一次来北京是父亲伴着我，从西门进入北大校园，首先映入眼帘的是刚进西门那个荷花池，夏天那娇艳欲滴的荷花，正开在一个盛满一朵朵荷花的池塘里。那个夏天、父亲的身影、北大，他们紧紧地相连在一起。

2012 年，我博士毕业，毕业典礼盛大而庄严，给人以净化和升华之感。我们依次被唱名上台，由校长亲自为我们拨穗。学位帽上的流苏被他轻轻从右边拨到左边，校长还与我交谈两句，拨穗的瞬间触动了我的心，为我数年的北大与爱大的博士生涯画上了一个完美的句点。

初到北京时，两岸尽管同文同种，还是给我一种就像是进入了一个"平行的宇宙"的感觉，让我体验到了异地求学的氛围。北京天气冷，与台湾的气温温差高达40度，我一下飞机就生病了，失声了整整3个月。北京也有7-11便利商店，商品上的每个字都看得懂，可是组合起来的意思竟让我难以理解。刚到大陆，仍有许多不太适应的地方，有幸承蒙博士导师和师母及许多在北京的台湾同学的照顾，他们不仅在学术上悉心指导，课业之余还带我去看演出，带给我许多美好回忆。

初来乍到，真可谓乡愁难遣，我到北京过的第一个生日，台湾学生们过来一起庆祝。大家走出门了却又折了回来，原来外面正下着雪，2008年12月10日恰好是北京的初雪！我们都在南方长大，从未见过雪！飞絮飞花，疏疏一树，细雪在树上蓝色圣诞装饰灯的映衬下显得晶莹剔透、光华流转，美极了！那段时期的我正处于忙乱期，要办理各种事情，要安顿生活，课业也重，见此美景愈发想家，竟感动地落下泪来。遇见初雪是我的幸运，而我的另一件幸事，则是那年恰逢北京如火如荼地准备2008年奥运会。也算是躬逢其盛，整个北京都充满着热情和骚动，富含多元文化的冲撞感，既有传统中国文化的古典味道，又充斥着各种外国文化，那是两个极端碰撞产生的一种火花。那时的北京，体现出一种文化包容性和民族的团结性也让我感动不已。

北京如此，北大亦是如此。北大兼容并蓄，涵养了多元的文化，同时尊重包容与己不同的文化。这尊重便是一种极高的素养，这是北大人的风格，是北大自由的学风和文化多元的包容。我想，最能体现这种精神的当属百年讲堂的演出，学校经常邀请世界各地的名人演讲，也会时常举办演出和展览。不过，我倒是透过昆曲、川剧、豫剧、京剧及舞蹈表演，感受浓浓的中国古典艺术文化。

后来，我去英国爱丁堡大学读博士一年。那里的冬天阴雨绵绵，没有一丝阳光。我便每天用爱丁堡独有的红黑相间格子羊毛毯，守着墙边的一个供暖口取暖，才有办法做研究写文章。爱丁堡大学图书馆里有许多中西方藏书，在那边还找到了很多北大大师的著作，像朱光潜、李泽厚等。朱光潜先生还是我导师的老师！

2011年，我便自英国返京继续完成论文的最后研究撰写，一直写到毕业，那是一段独自隐居写作的日子。这个文学博士学位对我而言着实来之不易，不过文凭背后是人生更丰富的层次和生命体悟，这样对照下倒也无甚所谓了。

一个深藏心底的"古老"秘密

原来，我父亲的故乡就在北京。60年前的故乡早已成了异乡，浓浓的乡愁无处散去。只好踽踽独行，徘徊在异乡与故乡间，行囊里尽是父亲与我的乡愁，它们随我四处飘荡。

我的祖籍是北京怀柔区阴山畔的曹家，那两岸杨柳的怀沙河哺育着六百多年前从山西作为晋商移民至此的曹家，此后是世代在朝为文官的书香世家，父亲为东二门这一支派第13代，逢第二次世界大战，日军入关后阴山要塞上的曹家便被日军侵占。那时已高中毕业的父亲，眼看就要国破家亡，便投笔从戎报考黄埔军校，历经战争，后来漂洋过海。这段历史的悲剧与哀愁，我每每想起便不禁潸然泪下。因这段不解之缘，我放弃了英国名校的录取，前往北京就读北京大学，后来，才恍然大悟，这一北大情结深深牵动了上个世纪的那段悠远的家史与父亲的乡愁。

决定去北大，还缘于我对中国古典文学与艺术的兴趣和热爱。在硕士阶段以及之前，我学习的都是西方文学与艺术，因此特别期盼有机会深入感受一下中国古典文化的历史氛围。后来进入北京大学简直是让我得偿夙愿。北大本身便是文化遗址，到处都留有历史遗迹。北大研究生宿舍畅春新园是以前康熙皇帝的夏日行宫。北大所在的中关村，离紫禁城不远，据说以前的许多朝臣就住在这儿，博士的宿舍也是当时的遗址，听说连畅春园这名称还沿用至今。

　　我非常珍惜北京所有的因缘际会，尽管之后遇到了重重的阻碍和困难，但我也丝毫不后悔。2010年我申请到英国爱丁堡大学的博士班做研究一年，2012年，我毕业之后返回台湾，那时的台湾正弥漫一股诡异的氛围，正在审议数十年来立法机构纠葛最大、冲突最大的一个议案，即大陆学历认证问题。反对的民意代表冲撞立法机构大门，简直无理暴力至极，那是台湾社会最黑暗的一页。当时通过的相关规定阻碍了我的学术之路，台湾不承认2010年以前入学的大陆学历，按规定必须重新参加台湾举办的鉴定考试，两科专业科目必须高于70分，博士论文也要通过匿名的多位台湾教授重审。我骨子里读书人的尊严让我纠结了好久，但为了留在台湾陪伴父亲，只好屈就。考就考，审就审，大丈夫能屈能伸！最终，我的考试与论文全都以高分过关。台湾教育主管部门来函说我可能是台湾第一位以大陆学历——北京大学学历申请到助理教师证的人。但这一段过程，申请认证的文件、认证加上考试与审查论文，整整延宕了我两三年迈向学术之路的黄金岁月。

后来，缘分的牵引，我又回到熟悉的大陆任教至今。有人问我是否后悔过去大陆，我想，人不轻狂枉少年，即便这个学位过去这几年让我在家乡面临许多的困境，亦不曾后悔去北大读博士。相反，我总觉得去北京是我前世结下的善缘。人生而自由平等，我们有追求学术的自由。我考上博班的那年北京大学在伦敦泰晤士报的世界大学排名是第十四，与耶鲁齐名。更何况，人的一生本就要不断地舍离与体验，舍得舍得，循环往复，此起彼伏，足矣！足矣！

最美的时光

如诗人席慕蓉的诗：走的最急的，都是最美的时光。北大，是我此生旅途中一个浪漫沉静，还带着点优雅的风景，又像神秘梦境中累世结下的情缘，修得这世结一段尘缘，是何等的幸运！因此，常让我魂牵梦萦的未名湖畔与父亲，是我写诗画画的创作主题。

沉淀着时间感与历史感的地方，北大，经过时间淬炼出的人文味道亦愈沉愈浓。希望北大可以保有它独有的人文精神、学术自由，在追求学术巅峰的旅途上永不懈怠，继续为一代代追求生命理想的学子，静静地存在。

（采访、撰稿：黄玉明　杨洪美）

为爱而跨

□哲学系博士后研究员　陈文成

我是陈文成，本科就读于台湾彰化师范大学，和众多台湾学子一样来到大陆求学，我的硕士、博士学位都是在北京体育大学取得。但与众不同的是，为了太太与对北大的憧憬，我转移了体育领域的研究重点，以博士后研究员的身份跨学科到北大哲学系。

为爱来北大

我和太太结婚前就是在北大结缘，那时候她在北大读在职外语系成人教育专业，而我还是北京体育大学的博士生。为了多见她几面，我总是特意地每周三和周六从北体大跑到北大。但是，每天都有许多外地游客慕名前来校园参观，为了保障在校学生安全等，进校园都要检查证件。每次总要进行网上预约或想其他办法，排队让保卫处人员查阅证件时，我就想要是有证件能随意进出有多好。

博士毕业后，我想和太太一起留在北京。她已经在北京市的小学里教书，我则想方设法地在北京找稳定的工作。当时北京高校对教师的应聘和审查都比较严格，台湾人的身份去申请任职有一定的难度。虽然有一个待遇不错的企业提供我入职机会，但是始终不是我想要过的生活，所以放弃了。因缘巧合下，我的清华同学推荐我联络一位北大的老师，他当时关注体育伦理、体育产业和文创领域的研究，与我的体育产业价值链和企业管理方向基本上吻合，大家一拍即合的机遇，让我成功地申请到了北大哲学系的博士后。这个博士后的机会，让我留在了北京，留在我太太身边，也圆了我成为北大人的梦。

延续刚才的话题，以前我太太拿的北大校园卡是在职校园卡，和普通的校园卡还不一样，除了进出北大校门方便之外，还是有限制，只能去特定的食堂吃饭，其他的食堂都不可以去。现在我拿着北大的教工卡，不仅进出校园特别地方便，而且所有的北大食堂都可以去吃，反而是太太沾我的光，换成我来带她逛这美丽的北大校园，带她吃遍北大所有食堂。

环台9天8夜，一路惊骑

其实，在更早之前，借由两岸大学生体育组织交流的机会，我和北大早有自行车的情缘。台湾体育相关部门2010年开始规划邀请大陆的高校学生和本地台湾学生一起组成"两岸大学生体育交流亲近台湾惊骑团"，希望大家通过环岛骑行的互动过程增加彼此的认识。当时我正读本科，担任体育系学生会会长，被老师推荐当"惊骑团"队长，同时也有彰化师范大学、玄奘大学、台南应用科技大学、高雄大学四所高校的其他学生参加。大陆嘉宾则是首都大学生自行车运动代表团。该团是由北京大学、清华大学、北京林业大学、北京科技大学、北京第二外国语学院、中国农业大学、中央财经大学、中国政法大学等多所大学的学生组成，他们代表中国大学生体育协会自行车分会来交流，以自行车骑行的方式与我们共同亲近台湾这块土地。就这样，第一届"惊骑团"从台北市出发，开启了环台湾岛832公里骑行9天8夜的惊奇之旅。一路上，我们经历了倾盆大雨、呼啸海风、漫漫长夜、炎炎烈日，既有宽大平路的轻松畅快，也有陡长山路的苦中作乐。不管风吹日晒雨淋，我们大家齐心协力朝着一个方向勇往直前。有队员受伤了，互相扶持，一起包扎；遇上多变的天气，相互帮助，挤着躲进小房屋；夜晚迎着月光，一起玩起狼人杀……

不知不觉中，我们和来自大陆的学生建立起革命友谊，成为心灵契合的伙伴。那 9 天 8 夜，不仅仅让我感受到他们的热心积极与彬彬有礼，也让我意外发现了大陆学生和台湾学生的不同之处。特别是北大的学生，他们的才思敏捷、口若悬河正是我们台湾学生比较欠缺的地方，不得不感叹大陆学生逻辑思维的敏捷和语言表达的流利。也许就在那时候，我对北京大学的向往之情早已埋下种子。

北大感受

在我心里，京师大学堂、"一塔湖图"和百周年纪念讲堂是最能代表北大的三个名词。之所以第一个提起"京师大学堂"，是因为北大是中国近代第一所公立的大学，起初在清朝的时候就叫京师大学堂，北大的成立标志着中国近代高等教育的开端。一直以来，北大也是世界上知名的学校，英国的全球高等教育分析机构 QS（Quacquarelli Symonds）发布的世界大学专业排名非常具有指标性，2018 年北大世界排名在第 38 位，虽然前面还有年度国际排名 25 的清华大学，但是清华是以工科为主，而北大以人文、理科见长，两所完全不同类型的大学，除了部分重叠学科，是以互补优势的形态屹立于大陆的高等教育。拥有体育专业背景的我，虽然对教育的了解还达不到深入透彻的程度，但从个人感觉来说，北大对我而言是一个神圣的历史场所，尤其是它曾出现过影响中国历史的重大事件。所以，对目前在哲学系进行研究的我而言，"京师大学堂"不仅仅是一个名词，更多的是包含着我对北京大学无限的憧憬。"一塔湖图"是第二个令我印象最深的北大名词。早在我还在彰化师范大学读本科的时候，非常荣幸能参与到两岸学生的交流活动，因缘际会下有幸来到北京参观。那是我第一次来到大陆、第一次来到北京。有一位北大同学向我介绍校园时提到了"一塔湖图"，谐音与"一塌糊涂"接近，简单又容易记忆，因此记忆尤深。但多年后我才明白，原来"一塔湖图"是指博雅塔、未名湖和图书馆。另外，我对校园里的百年纪念讲堂印象深刻。那里经常会有世界著名艺术家或演奏家举办的文艺演出，也经常举办各式各样的讲座、放映各种类型的电影。也许是因为冲动，也许是因为怀揣着对北大的莫名憧憬，更或许是因为我太太的原因，不管多远、多忙，我都会从北体大专门跑去北大，和我太太一同前往享受那精彩绝伦的盛宴。所以，百年纪念讲堂对我而言有特别感觉，装载着点点滴滴美好的回忆，那段时光也是在北大令我印象最深刻的日子。回想当时我本科毕业的时候，曾有北大的老师建议我到北大念书，可惜那年北大的体育教研部还不能招收港澳台学生，后来我就选择北京体育大学就读，当时觉得只要在北京，无论是否能进北京大学，我都会经常主动地参与北大活动。当然，由国家体育总局直属的北体大，是我的母校也是我心中的体育第一名。在踏入北大之后的第一天，我最大的感受是自己身份的转换和心理压力的剧增。从一个博士转到博士后，从学生转换到教职人员，尽管每天做的事务和博士期间一样都是做科学研究，但我觉得现在不单单只是学习，更多的反而是希望去累积自己的教学经验。对我而言，哲学系是一个全新的领域，一切都需要从头开始，压力自然比博士期间更大。但我知道，像这样的跨学科碰撞，是一种挑战，更是一种创新。其实，体育学科与众多学科领域基本是相关的，这样的学科交叉融合，能让我学到不同领域的知识，拓宽学术层面，更能使我激发出创新的想法。

从专业性大学转入像北大这样一个综合性大学，深深地让我体会到学习资源、学术氛围和发展平台的区别。北大图书馆的藏书库、数据库等资源平台能搜集到不少专业性大学里所没有的材料。在教室、图书馆，学习的座位常常是座无虚席。就像我们哲学系研究室的学长学姐，桌面上摆满了书籍，书籍上满满的批注，每天几乎花大量时间在阅读，研究报告高达三四十万字，已发表的核心论文三四篇，有的甚至申请到国家级和省部级课题。我感受到学海无涯，在这里唯有不断地努力学习，才能追得上别人的脚步。身处北大，才能感受到北大学子苦心钻研，全身心投入某一领域研究，孜孜不倦的科研精神。

不忘初心，砥砺前行

回顾过去，我想对自己说："不忘初心，砥砺前行！"从当年我只身一人过来大陆打拼，家人都留在台湾，到现在在北京成家立业。非常荣幸当年借由两岸交流的机会让我来到大陆，改变了我的人生轨迹。既然当时选择过来，那就必须要打拼。除了我自己所谓的个人事业之外，我觉得还是要有个志愿，就是推动两岸青年交流。我觉得未来肯定是属于新一代的年轻人，青年强则国强。

最后，我想祝福北大 120 周年校庆，校运昌隆！两岸青年一定要共谋发展，创造价值！

（采访、撰稿：洪玉莲）

忆难忘

□ 1998 级法学院　陈希佳

那些我还想驻留的地方

我对北大的印象就是：勺园、西门、未名湖、蔚秀园、承泽园。第一会想到勺园是因为这是当时我住的地方，所以特别有感情。勺园取意"海淀一勺"，是明朝著名书画家米万钟所修建，是"米氏三园"中最为有名的一个。1—4 号楼的国内学生公寓有一部分是分配给我们台湾学生，北大的住宿其实很紧张，能住到勺园这个当年盛极一时的皇家园林，虽然已经是现代化建筑，还是很有穿越的感觉，每天都觉得通体舒畅。未名湖是校园里最大的人工湖，在校区中间偏北点，走路过去距离勺园不会很远。湖的南边有翻尾石鱼雕塑、钟亭、临湖轩、花神庙和埃德加·斯诺墓。中央有湖心岛，由桥与北岸相通，湖心岛的南端有一个石舫。湖东岸有博雅塔。因为我喜欢环湖跑步，所以对未名湖周边特别熟悉。多数台湾学生可能比较喜欢冬天的未名湖，我则喜欢秋天的情景。每当银杏叶变黄落在地上，一整片都是金黄色的湖区小径，踩着银杏的叶子，听它发出脆脆的声音，那是我记忆中最美的北大。还有北大的食堂，它肩负着给全中国尖子生的营养补给任务，自然饮食多元丰富，而且价格也亲民。不过，很多学生还是喜欢跑出去外面吃，我自己更喜欢食堂，特别是北方人做的北方面食，那种味道、劲道都是在台湾比较少有的。我现在偶尔回校园，都还会从勺园出发漫步未名湖畔，再去食堂吃一碗热乎乎的面。

兴趣必然是我坚持的最大动力

初来乍到，感受最强烈的就是海峡两岸在学术上有所差异，就法学来说，一方面是法律用语有所不同，另一方面是经济法本身存在的差异。我的导师是大陆的经济法泰斗，他平时很忙碌，但还是悉心教导我克服这些问题，我也努力地去了解与理解两岸差异产生的背景与不同之处。在校园里，也能强烈感受到大陆学生求知若渴的积极性，这与台湾学生的表现方式有些不同。有一次，王泽鉴教授从台北飞到北大演讲，如前面所提到，两岸法学存在一些差异，我的同学们都挤着上前提问"挖宝"，把握住难得机会，现场提问直戳重点，踊跃得让人想到了记者会的提问环节。大概台生都见证过这样的场面，台湾媒体也多次报道大陆学生努力向上的情况：图书馆排队、提早到教室占位、总坐在最前面、课后提问等，其实台湾的学生也一样有这种现象，但是大陆学生比例集中。我就会反思，有些人是天资聪慧而成功，也有些人则是靠后天打拼获得成功。在北大这些我所认识的人，更多是既聪明又努力。在他们身上我学习到，想成功必定要全心投入，能够这么做的前提，必然是要做自己喜欢的事。我所喜欢的事，自然就是法学。我家里没有人从事法律服务的相关工作，当时填选大学志愿时，我在法学院与商学院之间抉择，最后选择法学。选择的关键是我评估读法律系还有机会从商，但是反过来读商科以后转法律可能障碍比较大，为保险起见就先选择法律，没想到一路读来越读越有趣，不知不觉就读到念完博士。如同爱因斯坦有句名言："兴趣是最好的老师"；我们中国的孔子也曾说过："知之者不如好之者，好之者不如乐之者"，一直坚持在法学领域，兴趣必然是我坚持的最大动力。

记忆里最深刻的是在北大找到家人

在北大求学期间我印象最深刻的就是"师母"。研究生与本科生的学习不同，研究生与导师的互动更多，北大有些导师会让学生参与到他的私人领域，认识他的家人。我们的师母对我们很好，师门聚会时经常给我们做菜，而且都是亲手料理。师母的招牌菜很多，我对蛋饺印象特别深刻，师母从打鸡蛋开始，上菜场挑肉、剁肉馅等所有的程序，一律都是师母自己包办，一边吃着，一边感受到师母对于学生们浓浓的爱护之情。还有我师母知道我喜欢酒酿，曾经给我们做酒酿汤圆，后来才知道连酒酿也是自己发酵。老师是江苏南通人，所以会经常吃到师母料理的本帮菜，不明就里会以为是上海菜，其实还是有所不同。课余空闲时间，师母会做一大桌子的菜，邀请同门的师兄弟姐妹去老师家里吃饭，然后聊课业、工作与生活上的问题，天南地北什么都聊，大家彼此都非常融洽，就像在自己家。师母对我们就像对待她自己的孩子一样，老师对我们论文的指导也是非常用心。特别是因为我们台湾学生对两岸法学的表述与大陆学生的表述方式存在差异，老师是一个字一个字地看，一行一行地修改，这让我想起小时候爸爸看我的作业一样。在师门里，好像是我在家里学习。

记忆里最温暖的事情是跟你们走过的路

我觉得自己好像被同学们捧在手心。刚到北京，人生地不熟，我以为会万事开头难，结果却是大逆转。需要买自行车，同学就自告奋勇帮忙，买书有人带路，上自习有人陪伴，同学热情、老师照顾，想想好像我也说不出曾经受过什么委屈，因为大家都很照顾我。我们的班长会组织大家去不同的地方游玩，像是龙庆峡、密云、怀柔、门头沟等，有些地名记得不清楚，但是当时的景象却还是记得。我还依稀记得，那时候南门有全聚德烤鸭、毛家菜，西南角有东来顺涮羊肉，大家就会一起聚在那里吃饭。有一次同学们约去山西，由于火车票特别紧张，大家都买不到坐票，只买到站票，上车后也是非常拥挤，大家都没有位置。我们就想了一个去餐车用餐蹭位置的办法，每个人轮流点碗面，轮流坐一会，沿路唠嗑。后来大家都吃饱了，就去车厢与车厢的连接处，在地上铺张报纸，或站或坐，大家还继续轮流，虽然很挤也很累，但是回想起来，的确挺有意思。因为同学们相互间关系非常好，大家对去哪儿、吃什么其实都不讲究，能聚在一起就挺好。到现在我们的班长还是会组织班上同学们聚餐，基本上只要我的时间允许，所有活动我都会参加。

北大——做过最正确的决定

"如果再让我抉择一次，我还是会选择北大。"这是对我自己说的话。我在台湾出生长大一直到大学毕业后，1996年去美国读研究生。因为我爸爸在航空公司当工程师，公司会派他去美国波音受训，所以我从小学就有机会跟着爸爸去美国，读高中、大学的寒暑假也经常参加游学团，加上有在美国求学的经历，我对欧美文化应该是有一定了解。在美国读书期间，开始会遇到来自大陆的留学生，我开始思考，自己对于大陆的了解实在不够，于是我决定去大陆看看。当初因为想要更了解大陆，所以来到北大求学。后来收获的不仅是增进了对大陆的了解，更是让自己拥有了许多珍贵友情以及生活上的更多机遇。毕业之后，两岸相关的法律交流我也参与了很多。2014年开始我的工作地点主要在北京，之所以选择在北京而不选择上海，朋友是一个很重要的原因，因为我觉得自己在北京的朋友多。如果需要用词概括北大的文化精神或者传统，我会立刻想到蔡元培先生提倡的"思想自由，兼容并包"。蔡元培先生曾经在 1916 年至 1927 年间担任北大的校长，那段期间他革新北大，开学术与自由的风气，我觉得北大的自由精神和包容精神非常符合我个人的价值观，蔡元培先生所提的 8 个字恰到好处。如果再让我抉择一次，我还是会选择北大，这是我人生中最正确的决定。

指引他人为母校献力

我对国际仲裁相关业务比较熟悉，加上现在回到北京工作，所以母校经常会邀请我回校园演讲，例如：中国国际经济贸易仲裁委员会主办中国仲裁周的北大专场。有时候老师所开设的课程中涉及仲裁相关的内容时，他们也会邀请我做演讲嘉宾分享国际仲裁与仲裁裁决等案例。能在北大读书就是一件很幸福的事情，现在还可以回去母校演讲、教学，给学弟、学妹们上课教授知识，更显得特别有意义。对于学弟、学妹们，我会尽量贴合主题结合理论与案例经验去讲给他们听，假若他们有什么不懂的，就让他们提问，我也尽量回答，希望可以帮他们解决问题，让他们用一种容易明白的方式去理解，从学生变成老师，也算回敬母校一份力吧！

120 周年，我想说

想跟当年的自己说：我以前觉得在北大有大把的时间可以细细品尝人生，现在完全觉得在北大的时间真是太短了，在北大的那段日子真的过得太快了。

我当时在北大读书的时候遇上了百年校庆，当时百年校庆有百年讲堂，还有其他各式各样的活动，尽管现在不记得细节，但能记得当时校园中浓郁的庆祝氛围。时间过得太快，如今已是北大校庆 120 周年，希望母校在我们这些校友们优异卓越的基础上，能够再好上加好，更创风华。

（采访、撰稿：白玛央珍）

在未名湖滑冰

□ 2016 级人口研究所　高显治

无心插柳意外录取

我叫高显治，从台湾到北京大学读书两年了，目前是人口研究所硕士研究生三年级的学生，专业是经济，具体说就是人口资源经济专业。到北大念书之前我没来过北京，但是大陆的其他城市，我到过上海、南京与深圳。我的家人都在台湾，他们在我入学的时候来过一次北京，他们来的时候感觉气候比较干，空气不是十分新鲜。目前家人计划等我毕业时还会再来，我计划等毕业论文完成了，工作也确定下来后，会去大陆其他城市旅行。研究生三年级是一个特殊的人生阶段，台湾人在大陆也是一种不一样的生活方式，所以目前都还是计划，很多事情没确定。

当时我之所以选择北大，第一是由于从小耳濡目染北大悠久的历史，加上是一所世界名校。除此之外，就是现实生活中应对研究生窄门的游戏规则考虑，如果通过港澳台研究生招生考试的入学渠道，根据规定中的第二项：考生报名时只能填报一个招生单位的一个专业，这就意味着我只能报考一所学校的一个专业。万一落榜，大陆学生还有调剂的机会，我想来大陆读书，只能再等下一年。我一直是在台湾接受教育，虽说知识都是相通，但白纸黑字的考试还是存在表述等诸多差异，万一下一年又落榜呢？考虑到这层风险，所以我报考复旦大学的同时，也有申请北大。因为北大与清华是我知道的"唯二"申请方式入学的高校，实行以考察综合素质能力为基础的"申请—考核制"办法。当时只是单纯的原因，也没多想，结果竟然能被北大录取，这使我十分开心。关于两岸差异，我认为虽然说地理位置很相近，使用的语言与文字都是一样，但是风格还是有点不太一样。大陆的同学和台湾同学比起来给我的感觉是特别能吃苦。此外，两岸付款方式还是有一些差异的：在台湾的时候习惯出门就会带钱包，但是在大陆出门带手机会比较重要。一开始还比较不习惯，所以都会带一些现金。

校园生活丰富精彩

最令我印象深刻的是在未名湖滑冰。到了冬天，如果未名湖的冰结得够厚，校方就会开放滑冰。台湾的气候很少下雪，湖水结冰就更没有机会，所以台湾学生看到校园里滑冰都会觉得很特别，因为台湾人印象中，溜冰刀都是在室内的人工场所。我第一次在未名湖上滑冰，湖面凹凸不平，然后人又很多，完全不知道到底该往哪里走。一大群在北大认识的台湾同学在那打闹，虽然来自各个院系，但感觉特别亲切。提到滑冰就联想到我参加北大龙舟队的时候发现，北方高校的龙舟队不太厉害，我猜大概是因为一到冬天湖就结冰了，只能荒废练习的原因吧。我也参加了北大的台生会，台生会虽然都是以台湾学生为主，但是不管是大陆人还是外国人都欢迎来交流。会里面大家感情都特别好，每逢万圣节或圣诞节等节日时，台生会都会举办派对之类的联谊活动，每次都有大约 50 到 100 人左右参加。在台湾的时候，遇到中秋节大家就会相约去烤肉。在大陆读书的时候，因为烤肉太麻烦，所以我们就约好一起吃月饼。2017 年国庆假期的时候，我和几个台湾同学去北京郊区靠近河北的一个叫十渡的小地方。十渡是大陆北方唯一一处有大规模喀斯特岩溶地貌的风景区，景色优美，大家玩了三天两夜，弥补了中秋没吃烤肉的遗憾。

除了与台湾学生的互动之外，最让我印象深刻的就是第一次过宿舍生活。在台湾读大学的时候，因为距离学校不远，所以都是住家里，通勤上学。来到北京求学算是我第一次住学校宿舍。我们研究生的宿舍是四个人一间，一位室友跟我一样来自台湾，一位来自内蒙古的同学，还有一位是来自四川的同学。听四川的同学说，大陆的不少学生很早就离开家庭住在外面，有些为了准备高考，就在学校附近租房，方便下晚自习后或是中午休息。如果说住宿有什么不习惯的地方，大概就是要去熟悉宿舍楼里不同地方人的口音，刚摸索来自各地人的口音时，多少有点困难，但觉得很有趣，就像我们宿舍的四个人，虽然家乡纬度差别有点大，但是还是经常会天南地北地开玩笑。内蒙古的室友在假期结束返校时，会带给我们像牛肉干或咸奶茶之类的土特产。如果我们从台湾回北京，也会带凤梨酥、太阳饼、日月小米酒这样的台湾特产。北大的宿舍跟台湾的宿舍最大的不同就是有暖气。北京四季分明，冬天长达 3 个月之久，每年 12 月到隔年的 2 月是最冷的时候，通常 1 月才开始放寒假。算一算，回台湾过年之前，至少要度过一个半月最冷的时节，听北京的同学说，在2013年还降温到零下16.4℃，是近10年来北京的最低气温。听起来很恐怖，但是躲在室内的话就还好，因为会有供暖，其实反而很舒服。总体来说，我的宿舍生活十分有趣多彩。

北大食堂家乡味

我的三餐基本上在学校食堂解决，北大的食堂各种菜色都有，菜品非常丰富。有一个小的食堂叫作松林餐厅，专门卖包子，什么生煎包、鲜肉包、青菜包，那些你想得到的包子都有，最有名应该是三丁包。因为肥瘦猪肉、皮薄馅饱、松软细嫩的好吃，加上价格亲民到让你甘愿哭着排队，小小的空间里，经常挤满了学生，连外国学生也会去那吃。尤其到了每年开学的时候，松林餐厅的人都会特别多，后来我们讨论结论是因为开学后来的新生可能吃不惯食堂，就会跑去吃包子。

让我印象深刻的是学五食堂。介绍之前要闲聊一下为何北大只有学一、学三、学四与学五食堂，独缺"学二"食堂？据说是因为一句成语"独一无二"，我听到还以为是脑筋急转弯，后来才知道竟然是真的，这应该也算是校园文化。学五里面有一个很有名的鸡排饭或者说是鸡腿饭，也是排队系列的北大美食，但我个人从来不觉得好吃。一直到学五多了飘香卤肉饭，卤肉饭在台湾是很普通的人民小吃，标准配备是有一颗卤蛋，食堂完全抓住精髓，所以我们台生会的人经常是成群去点餐，曾经有一次还被我们点光卖完。我们都很开心，也很满意，竟然在北京还能吃到家乡味。

展望自己寄语学弟妹

在北大这几年，我觉得自己过得挺好、挺满意，没什么后悔的事情。毕业之后，我想待在大陆，但是不限于北京，可能不会回台湾，台湾学生的北大学历台湾企业还是会认可，但是每家公司的接受不同，无法一概而论。我现在找的工作都是金融行业，之前实习也都是在金融业实习，所以之后应该也是在金融这个方向就业。我希望之后来的学弟妹们可以更放宽心，不要受到主观印象影响，既然到了北京就去学习不一样的文化，不只是学课业上的知识。这是一个很难得的机会，在北大的日子可以教我们很多远超过书本上的知识。还有就是用包容的心态去理解，多一点理性。不要谈太敏感的事情，大家就从学术跟兴趣等方面多交流就行。

祝福北大 120 周年

如果用三个词概括北大精神，我会选择：自由、多元、创新。自由是指学术氛围，可以把自己的观点都表达出来。就是一定属于有你的一个空间，可以去找让你想发表的东西，发表出来也一定会有人愿意听。多元是指满足学术创新与发展需求的评价导向有许多选择，在高校行政化体制之下，"唯分数"的一元评价导向使得大家只看分数，所以只有标准答案，北大更重视回答问题时候的逻辑性，而不是结果。而有了学术自由又有多元的氛围，当然有源源不绝的创新产生。希望母校在下一个 120 年里能继续保持现在的校风，多元的校风，并且朝世界一流的大学继续迈进。

（采访、撰稿：丹增德萨）

十年之缘

□ 2002 级政府管理学院中国政府与政治专业　桂宏诚

2002 年从台湾考取北大政府管理学院法学博士研究生，2005 年 12 月完成学位。回想这些年来的经历，发现缘分总是这么奇妙，仿佛冥冥之中有着一条线，指引着我来到北大。

十年前埋下的机缘

1992 年，大陆正处于重振旗鼓与面临挑战的艰难时期。而那一年的寒假，还是硕士研究生的我，有幸能到北大参访交流。那是我第一次到大陆。早在台湾的电视节目里，我就对大陆有所耳闻，怀揣着新鲜与好奇感来到了北京。接待我们的是一位北大老师和几位国际政治系的研究生，万万没想到的是，当时接待我们的北大老师王浦劬，10 年后成了我的授业老师！我依旧清晰地记得，那一年到北大恰逢寒冷的冬天，他们带领我们逛逛偌大而富含历史气息的校园，在老图书馆前一同拍合照，闲走在结了冰的未名湖上。也许是因为长期生活在亚热带的台湾吧，这对于我而言是一段从未有过的经验，是我第一次到北大的印象，至今都还深深印在我的脑海里。

十年后的相遇，已为北大之子

我是台湾的东海大学政治学研究所政治学硕士，在进入北大读博的同一年，也同时考进台湾的中国文化大学中山学术研究所博士班。从本科到博士，都专攻公共行政和政治理论领域。当时适逢工作上出现重大变化，辞去公职的我，萌发起再一次进修的念头。由于经常从事两岸学术交流活动，参访过大陆多所高校，也承办邀请过众多大陆教授来台访问的活动，再加上许多认识的友人已经就读北大。在这一系列条件交会的契机之下，我决意报考北京大学。到大陆继续研读政府管理学院的法学博士，也算是继承了本专业的领域范围。

时光如梭，阔别十年，再一次来到北大，已是开学注册报到之时。校园里熙熙攘攘的人群，放眼望去，我看到的尽是脸上洋溢着自信与喜悦的本科生，恰同学少年，风华正茂！也许，是因为北大是中国近代史上，戊戌变法时光绪皇帝开创的第一所大学吧，又或是因为历史上民国初年的众多才子健将待过的校园吧，身为北大学子自带着满满的自信与自豪之感，他们的神情，一直令我难以忘怀！

时光甚短，交情甚深

2003 年，本就是不平凡的一年，遇到"非典"紧急疫情，全北京城戒备森严，连北大也不例外。封校停课近一个学期，和同学们除了上课的短暂接触之外，其余多是利用聚餐时的联谊来联络感情，同门的师兄弟姐妹相处的机会比较多。他们都是我人生中遇到的优秀人才，无论是在学术界或是政治界都有不错的成就。不管是在校还是毕业之后，我们一直保持联系，偶尔还会有师兄、师妹来台交流，找我小聚一番。现在担任北大政府管理学院常务副院长的燕继荣师兄，他虽然不和我同一师门，但我们安排在同一场论文答辩，也算是一场缘分。现在倘若我要带学生去北大交流，那可就要请他协助安排。还有一位同学，他在中国人事科学院担任主编，偶有出版的期刊也总会寄给我一份做参考。

我与导师谢庆奎教授的互动也算是密切。导师当年也常来台湾交流，我们几位在台的学生都会与恩师齐聚一堂。自2006年1月我完成学位毕业至今，尽管老师后来已经退休了，但期间除了两三年去不了北京之外，我几乎都会每年去一次北京，与导师叙叙旧。想起最近的一次餐叙，是去年的元月。

念北大不为别的

其实，当时台湾学生在大陆就学的学位证件不被台湾方面认可，但因为稍晚我在台湾另取得博士学位，所以我并没有在台湾申请办理大陆学历认证。之所以会选择到大陆念书，其实纯粹是为了增广见闻和加深交流，能够获取大陆的经验与阅历，我反而更看重精神上的收获。加之，我本就是抱着进行学术交流的态度，想深入认识大陆最具自由学风的北京大学。两岸之间具有差异，对我来说本是我需要去认识和理解之处，反倒成了我想求学北大的根本动机，想进一步了解大陆的政治发展。十年前的参访与十年后真真正正成为北大一分子，感受颇为不同。十年后，到大陆的频率愈来愈高，我愈能感受到大陆整体的高速发展，人民生活水准的跃升。这再一次证明，求学北大的经历是值得的！或许是求学北大的这一段经历在我人生简历上锦上添花，我获得了国民党主席马英九的信赖，曾受命担任中国国民党的大陆事务部主任。

致学弟学妹与母校

我所经历过的时代，和现如今的年轻一辈人大不同。年轻人正值青春年少，未来可期，到大陆学习的台湾年轻人更要时时把眼光放远、视野放宽、跃马中原！倘若真有一个机会，我一定会让当年的自己多学习，学会大陆使用的中文拼音输入法，技多不压身嘛。

对母校，我一直怀揣着深深的敬仰之情。北大爱国、自由、卓越的文化精神已深入我髓中。北大自建校以来自由学风的传统，容纳百汇各种思潮和学说理论，正是成就为学术殿堂的根基。我希望北大继续秉持学问为济世之本的态度，传承创校精神，追求卓越！

（撰稿：洪玉莲）

跟高素质的人在一起很舒服

□ 2002 级经济学院　郭国圣

我是郭国圣，高雄人。台湾的大学本科毕业后，即赴美留学，于读完第一个食品科学硕士后，25 岁即在美国创业。当时经验不足，每天却要做大量决策，自己无法判断决定究竟是正确或错误，所以在美国读了第二个硕士研修企业管理，事业逐渐发展起来后，有天忽然接到家里打电话来通知祖父得了重病，我立刻回到台湾陪伴祖父。因为不方便再去美国，我干脆把在美国累积的创业经验就地转换为适合在台湾的经营模式，也取得一定成绩。因为很年轻就创业成功，创业成了我的专长，正巧有几所高校邀请我去教书，基于希望保持与学术界的互动，我欣然答应每学期教授一门课，课程颇受好评。不过，教书是在高校，有很多博士，虽然也有硕士学历的老师，但我总感觉自己没有博士学位，在学术界显得不够分量，就决定读一个博士。一开始我想回美国读博士，因为硕士都在美国取得了，博士应该要更上一个台阶。台湾也有不错的学校，但是在全球范围还是无法跟美国相提并论。不过，家人都认为美国距离台湾太远，飞机往返还得倒时差。因为我在商界有很多朋友，有时候会接待大陆来的考察团，其中一位朋友建议我到"对岸"考北京大学，我心里一想，北大是大陆最好的学校，随着大陆的实力增长，不久的未来一定也会是全球名校。而且以前通信工具没有现在方便，我的企业规模已经不小了，还得考虑管理台湾公司的便利性，从北京至少比从美国遥控台湾方便，而且如果公司有什么状况，从北京回高雄也很快，不像从美国回台湾还需要大费周章。一些朋友都误以为我选择到北大读书是为了扩展事业，其实就是一个简单的理由加上想清楚如何解决问题，然后就到北大读书了。

体验"进京赶考"

从我开始准备到正式考试，一共花了七个多月。这段时间里我都在复习经济学、金融学，我把经济学、金融学的经典书籍都拿出来读，再加上阅读金融方面最新的期刊，主要是关注现在有什么新的金融现象、世界发生了什么事情。我推测，北大的考试题目应该很灵活，通常名校不会要死背硬记的学生。我在台湾准备了差不多以后，最后一个多月索性住到北京，顺便浏览一席图书馆相关的期刊，当时心里忽然领略到了古人所谓的"进京赶考"。北大很难考，听说所有人考完后，学校把所有的名字都遮起来交给五个教授轮流阅卷。北大对英文成绩很重视，词汇、翻译等考题都挺艰涩，只有英文分数达标，才会再看另外两科专业科目的成绩，最后三科加起来算总分。还有必须是所选择的博士生导师里成绩第一名，因为博导只收一位学生，考试前还得去了解心仪的导师当年是否招学生，不然也是徒劳无功。光华管理学院当时已经很有名气了，但是我自己观点认为经济学院是北大的正统，历史也比较悠久，所以选择了经济学院。顺带一提，光华管理学院是与我们同为台湾人的尹衍梁先生所成立，他是一位优秀的企业家，聘请很多国外教授回来授课，在很短的时间内把整个学院做出品牌，对北大有很大的贡献。我自己对母校也有一点贡献，有一段时间我在高雄经营的馨蕙馨医院跟北京大学医院合作，因为属于类似校医院的非营利性质，所以对来看诊的病人收取较低的医疗费用，主要是我用其他地方的盈余来补贴与照顾到北京大学医院看病的教职员工，一直到大陆经济越来越好才停止，这也算是我对母校反馈的心意。

印象最深的事

印象最深的事，就是当年发生的"严重急性呼吸综合征"也就是俗称的"非典型性肺炎"。面对突如其来的病毒，大家如临大敌，北大封校、北京封市。我因为收到信息较早，判断事情有可能变得严重。那时在北京坐出租车，师傅还跟我提到早上载乘客去医院的路上看到的情况等，他们还没意识到 SARS 的严重，我提醒他们千万注意，有可能死亡率会升高。这件事对我在北大的学习影响不大，倒是对事业发展有点影响。北大读书时，跟一些教授和退休校领导有往来，他们有人知道我在高雄运营医院与幼儿园，就介绍北京的领导跟我认识。当时的区长邀请了市里及部委几位书记、局长，大家一起鼓励我到北京投资。我才刚带了自己医院的院长、副院长看完三环附近的妇幼保健医院，准备到北京运营，没想因为"非典"发生，中央领导直接拍板定为专用医院，一直到整个救治工作结束，"非典"传播链完全扑灭切断，大家生活恢复正常后，这间医院因为救助过很多人，中外媒体都去采访报道，备受瞩目，很多北京的基层卫生单位也想进驻，我感觉在管理上会变得复杂，加上许多综合性因素，就没有继续执行经营这家医院的方案。如果说读书期间的深刻印象，或许我与其他校友会略有不同，反而是这件校外的事情是最有记忆的。

跟高素质的人在一起

在北大时，身旁的同学都很聪明、身边的教授都很有智慧，跟这些素质高的人在一起，我会觉得很舒服，因为谈愿景的时候大家都能想象，能聊到一起。在衣食住行方面，因为我在很多地方待过，相对能适应不同的环境，尤其大陆跟我们是同文同种，更没有什么不方便。在北大是从2002年到2005年，前后用了2年10个月拿到博士学位，或许这个时间比别人更短，主要是我没有三心二意，而是百分之百的专注在读书这件事情上。读书这件事我也算有基础，曾在美国拿了两个硕士学位，所以文献检索、文献综述、研究设计、数据分析、引用注释等这些基本功夫算熟练。我从入学的第一天就想着能早点完成毕业论文，所以在每个时间节点到之前一定督促自己完成任务，人家写论文是教授催学生，我是写好了等老师反馈，学位获得基本都很顺利。我的观念就是干事情要一鼓作气完成，写论文要开题报告、期中报告，如果东摸摸西摸摸，就先耗掉了体力与意志力，等到了论文完成后送校外盲审、答辩的阶段，更是欲振乏力，要知道最终答辩前论文来来回回、反反复复，程序是非常的烦琐。所以，我们学院许多教授都会要求自己的学生得待在北京，论文完成前不可以跑到外地。有一位同学，听说他跑去苏州的厂里当总经理，不知道最后有没有拿到博士学位，学校规定博班超过九年，就失格了。我觉得这样很可惜，辛苦考上北大，最后临门一脚腿软，做任何事情都要一鼓作气。

在北大校园所结交的朋友，对我的影响很大。后来我能成功申请哈佛大学的博士后，北大的博士学位也起到了加分作用，因为哈佛也是要一流学府出来的博士才接受。读了北大是对自我实现的一种最高肯定，完成我们读书人进中国最高学府的梦想。

（撰稿：唐靖婷）

致自己的 52 句励志名言

□医学院　郭姿兰

在北大读书学医的日子辛苦却充实，是人生中的一个修行过程。以下是我在北大那几年读到、看到和听到所写下来贴在桌前墙面的一些句子，对我感触很深：

1. The greatest lesson I have learned in life is that I still have a lot to learn.

2. 心中无缺叫富，被人需要叫贵，快乐不是一种性格，而是一种能力。

3. 不争就是慈悲，不辩就是智慧，不闻就是清净，不看就是自在，原谅就是解脱，知足就是放下。

4. I'm not impressed by money, social status or job title. I'm impressed by the way someone treats other human beings.

5. We are here not to get all we want out of life, but to see how much we can add to it.

6. 朋友的奶奶读完高中就嫁人照顾家庭，到了 60 几岁自己在图书馆读书考上房地产中介执照，房子卖到自己买了 10 套房子。每个人潜能无限。任何年龄和每一天都能从头来过，创造出自己的理想和成就。

7. Discipline. Grit. Perseverance.

8. 如果你能够学会控制自己，你可以改变你人生中的许多事。

9. Your dreams are worth the time it takes to achieve them.

10. Don't be afraid of being different, be afraid of being the same as everyone else.

11. 活在当下，珍惜一切，快乐其实很简单。

12. 喜欢自己是一件非常美好的事。这样，你会由内而外散发出一种自信，散发出一种自由。

13. Don't stress. Do your best and forget the rest.

14. Whatever you are, be a good one.

15. If they don't know you personally, don't take it

personal.

16. There are many reasons to give up, but there is only one reason to strive hard. That is to give yourself the right to choose the life you want.

17. Confidence has no competition.

18. Respect is how to treat everyone.

19. 有心就有福，有愿就有力，自造福田，自得福缘。

20. 只要方向对了，根本不怕路远。

21. 不是所有的错过都必须在乎，你要在乎的是下一次不错过。

22. 总有一天你会明白你现在的努力，是你以后骄傲的资本。

23. 有些路很远，走下去很远，走下去会很累，可是，不走，会后悔。

24. A beautiful thing is never perfect.

25. It's a terrible thing in life to wait until you're ready. There is no such thing as ready. There is only now and you may as well do it now.

26. Go big or go home.

27. 你必须非常努力，才能看起来毫不费力。

28. 你有两个选择：让生活决定你的日子怎么过。你决定你要过什么样的生活。

29. Be somebody who makes everybody feel like somebody.

30. I don't love studying. I hate studying. I love learning. Learning is beautiful.

31. You know more than you think you do.

32. If you don't sacrifice for what you want, what you want will become the sacrifice.

33. Failure is not the opposite of success. It is part of success.

34. 其实你必须明白，所有的痛苦实际都是一件好事，推着你往前走，让你更强大更有力量。

35. Never give up on a dream just because of the time it will take to accomplish it.

The time will pass anyway.

36. The best preparation for tomorrow is doing your best today.

37. Today I will do what others won't so tomorrow I can do what others can't.

38. 所有看起来的幸运，都是源自坚持不懈的努力。

39. Happiness is the highest level of success.

40. Choose a job you love and you will never have to work a day of your life.

41. 人生千百日，仙家一局棋。

42. Sometimes you just need to talk to a 4-year-old and an 84-year-old to understand life again.

43. 能耐得住寂寞的人，肯定是有思想的人；能忍受孤独的人，肯定是有理想的人；遇事能屈能伸的人，肯定是个淡定的人；经常微笑的人，肯定是有智慧的人。

44. Study because you want to save lives. Everything else is secondary.

45. It's more important to be happy, than right.

46. Everyone you meet is fighting a battle you know nothing about. Be kind. Always.

47. The best success is defined by happiness, not by achievement.

48. Even the smallest act done with love can change the world.

49. Never stop. One day you'll be someone's hope. Someone's hero.

50. Laugh as much as you breathe. Love as long as you live.

51. Study to save lives.

52. Happiness is... being a doctor.

非常值得

□ 2016 级医学部　胡峰宾

我本身从事律师工作，担任律大法律事务所主持律师，也担任台湾《消费者报道》杂志社社长、成功大学法律系兼任教授、天津南开大学法学院台港澳法研究中心客座研究员等。求学过程，因为兴趣较广，念了台湾大学法律所博士、法国 Aix-Marseille 大学法律硕士、政治大学法律所硕士、台湾大学国际企业所硕士、台湾科技大学建筑所硕士、北京大学医学部博士班、中国医药大学中医系硕士，学习跨了法学、医学、商学、工学四个领域。因为我很喜欢学校读书的感觉，在不同的学校求学，都有不同的收获，主要是可以借由攻读学位自己要求自己读很多的专业书，特别是跨专业攻读学位让自己接触到不同领域的同学、老师甚至校友。我到北大求学前后共有两段时间，第一段是 2002 年的时候，当时我还在读台大法律博士班，通过中华交流基金会的奖助，到北京大学法学院交流。后来，我根据自己的需要与兴趣又到位于台中市的中国医药大学读中医系，学习医药方面的领域，接着从 2016 年开始，再次回到北大医学部攻读博士班。

第一段到北大求学时，海峡两岸政治僵局没有打破，但幸好民间的交往保持着良好的发展，虽然没有直飞的航班，往来都需要经过第三地转机，但我觉得未来海峡两岸的交流应该会越来越频繁，所以想提前去了解一下大陆的专业领域及看看大陆未来可能的发展状况。这段在北大求学的日子里，除了对大陆有更深的认识之外，我觉得北大有一个非常好的学习环境，可以强烈感受到从京师大学堂到民国初年以来，学术研究在这深耕苗壮，不断发展的历史力量，非常值得花时间在这里，且校园里很多地方都富有浓厚的校园文化气息，如燕南园、未名湖、图书馆等。有段话是这么形容燕南园，"知名学者不一定住燕南园，住燕南园的一定是知名学者"，主要说的是燕南园里几乎集中了中国当代各个领域的大师。在燕南园可以感受到时代的风华，在未名湖可以领略到北大的历史，图书馆藏书丰富，可以去那边翻阅各种资料。后来我在台湾读中医系，开始接触医药领域，期间阅读到北大医学部史录文教授的相关文章，文章再次触动了我，使我萌生再到北京学习的想法，所以决定再回北大当一回学生。

因为在医药领域的学习里看到了史老师的文献和资料，相当认同及钦佩，所以我回北大时直接报考史老师的博士生。在北大医学部跟随史录文教授学习这几年，感受到他非常具有信念和理念，他对大陆的医疗改革有很强的使命感。每一个时代都有相应的医疗制度，每一个阶段也都有需要改正的地方，我的老师对于现在医药状况的问题要如何改善、如何进步，花了很多时间去研究探讨，他致力于从机制上全面解决这些问题，这让我觉得很有远见也深受感动。

在北大的日子里，除了研究之外，我也喜欢饱览名胜古迹。北京历史悠久，人文底蕴深厚，形成了别具特色的京城风格，我读书的时候经常一个人去四处游览，真是感觉读万卷书不如行万里路。此外，印象深刻的是北大及北大的老师对我们台湾学生都颇为照顾。我第一次来北京的时候还只是一位博士生，当时的指导老师是法学院吴志攀教授，吴老师除了请他的秘书及学生协助我适应很多学习与生活上的问题，甚至将中华交流基金会的指导费用签收后私下返给我当在京期间的生活费用，对台生相当照顾。所以，我很鼓励台湾年轻人争取机会一定要到北大看看，接触不同的学习环境，激荡出新的心得。

北大至今 120 年，不论时局如何动荡，在每个阶段都有璀璨成果，北大对于学术研究与社会关怀兼容并顾，这是北大的文化精神所在。希望这样的精神传承下去，期待北大继续带领我们中华民族走向新的时代！

（采访、撰稿：黄玉明）

人生就是一场义无反顾的旅行

□ 2016 级政府管理学院　黄锦泓

时间从来不回答，生命从来不喧哗。人生就是一场有规律的阴差阳错，每个人幸运地降临到这世上、健康的成长、摸索着选择自己的人生道路，留下的岂能只有遗憾？回首过往，似乎过去的一切都是阴差阳错、天命而为，岂知背后掌控这命运的终究是自己。我是黄锦泓，1994 年生于台湾高雄市。人生的前 22 年从未踏出高雄半步，那个城市"微小"而安逸，家人和朋友的陪伴像白水般温柔而无处不在。我本科毕业于高雄大学经济系，2016 年到 2018 年，来到北大政府管理学院读区域经济学，专攻地产经济与投资管理。

跳出生活舒适圈

我可能是高雄大学第一个考上北大的，大家对我的选择十分惊讶。高雄是重工业城市，就像大陆的东北地区。刚解放的时候，东北地区撑起了整个中国的经济发展。但近年来，东北重工业区成为了经济转型缓慢的"负面典型"，而高雄也有类似的情况。本科毕业后，有高雄当地企业找到我，开出大约五六千元人民币的工资，但我希望跳出舒适圈。本来打算去台北，毕竟台北是一个国际化的大都市，资源远比高雄丰富。但是大学期间的学生工作影响了我的选择。

我在本科时期是学生议会的议长，主要负责监督学生会主席。因为我是一个比较热心的人，所以平时经常去国际处帮忙，国际处主要是负责境外交流事务。在当国际职工的时候认识了很多交流生，有韩国人、日本人、美国人，当然最多的还是来自大陆的学生。平时我非常喜欢和他们交流，因为我喜欢认识和我有不同观念的人，通过交流可以学到很多新的知识。

大陆的学生给我留下的印象最深刻。他们虽然是交流生，但是学习都十分勤奋认真，每次考试的成绩都排在前列。因此我对他们在大陆的生活和学习状态十分好奇，再加上我想实地了解一下大陆的发展状况，所以当时就毅然决然地踏上了北上的道路。因为学生工作而燃起了去北大的想法，还是挺幸运的。

42 号楼的故事

如果让我回忆关于北大的五个名词，最先想到的是"一塔湖图"和北大红门。因为它们是北大最出名的景点，外人也比较熟悉。但是对我来说最重要的还是 42 号楼，我住了两年的宿舍楼，当然还有陪伴我两年的舍友。北方的宿舍楼条件都一般，42 号楼里是没有浴室的。为了洗澡，我们要下楼走三百米去大澡堂，夏天还好，冬天真的是太冷了。刚洗完澡出来，身上还冒着热气，天上慢慢地飘着雪花，眼前的人裹着棉衣踢着雪慢慢挪着，现在想想这个场景还挺"悲壮"的。

我的舍友都是大陆学生，分别来自东北、西北和上海。台湾学生一开始住的是国际宿舍，但是 2006 年之后，随着两岸关系升温和国家大力倡导"两岸一家亲"，台湾学生才逐渐和大陆学生住在一起。我的舍友都特别直爽，没什么心眼，大家在一起都是兄弟。他们的成绩也非常好，三个人中的两个是当年高考所在地的状元，现在也分别是自己所在专业的第一名。和这样优秀的舍友住在一起也算是我的幸运。

他们的生活十分规律特别健康，当然这都来自自制力。每天早上起床后都会看一个小时的书，之后去运动，回来休息一会儿就去学院帮忙，因为他们都在兼职学院的辅导员，生活特别充实。平时我们会去下馆子，出去吃烧烤或者吃火锅，台湾人还挺喜欢吃火锅的。有空的话还会和舍友一起去运动或者健身。平时休息的时候，我们还会玩一会儿"王者荣耀"，一款腾讯公司推出的手游，虽然现在毕业了，但是我们还经常联机、组战队。我舍友各方面能力真的非常强，包括逻辑分析能力、观察能力和交流表达能力等。如果有问题，也会找他们帮忙分析，有时候他们能想到一些你自己都没想到的事情，而且会帮你码放整齐，让你豁然开朗。所以平时我很喜欢和他们聊天，想学习他们分析问题的方法，虽然和他们仍然相差很远，但是我觉得学到了很多。我的第一份工作也和舍友有关系，当然这都是后话了。

学生社团首任台生会长

来到北大之后，我想深入了解一下大陆学生的日常活动，为了从不同的角度看这个问题，所以参加了很多社团，差不多有二十多个。但是参与最久，也是我后来做了会长的一个社团——北大学生国际金融交流协会，给我留下的印象最深刻。当时参加北大的"百团大战"，就是学校的各个社团在同一天聚集在同一个地方召开的大型宣讲会，我当时也是抱着好奇的心态每个摊位都去聊一聊。在国际金融交流协会的摊位前，有一个三四十岁的中年人，了解之后才知道他就是这个社团的创始人，17年以来每次都会参加学校的"百团大战"，帮忙招新人，时时刻刻关注社团的发展。他是毕业之后就创业的，现在做投资公司。其实一个社团做17年挺不容易的，他还能如此关心社团的发展，这让我挺有感触的。所以就参加了这个社团，也一直做到最后。这个社团平时的活动就是办讲座和给社团成员提供一些实习机会。因为这个社团经营了17年，再加上北大这个平台，所以总会能请到很多特别厉害的人，比如香港证监会的主席、国泰君安的董事总经理等。社团也在不断地培养人才，现任共青团北京市委副书记曾经就是这个社团的成员。因为一直在坚持参与活动，帮社团做一些招新人的活动，慢慢做出了感情，后来理事会就提名我做会长。我是第16届会长，16年来第一位台生会长，当时还挺特别的。在这个社团里还有特别多有趣的事情。比如在面试新成员的时候，经常会碰到一些特别厉害的人。经常会有新加坡国立大学、英属哥伦比亚大学或者美国常春藤联盟高校来北大交流的同学参加面试，确定面试语言是一件很有意思的事情。有时候觉得汉语聊不尽兴，就转成英语，过一会儿变成韩语，再变成法语。现在回想起来，我当年面试的同学可能比我还要厉害，真是一段非常有意思的经历。

第一份工作

说到工作，我想先说说我的第一份实习。平时课业任务不多的时候，会和朋友到茶馆去喝茶。因为茶馆在北大校内，所以会有很多机会遇到业界精英、商业领袖，我们也会和他们聊天，比如儒家思想、中国国情和经济发展，谈天说地，无所不谈。我在茶馆里碰到了一个刚创办公司的企业家，问我要不要去他的公司帮忙，就这样我找到了我的第一份实习。我想说的是，北大这个平台给我们提供了太多太优秀的资源让每一个北大人发展，无论是在职业道路上还是人格发展上。我的第一份工作说起来真是幸运。有一天晚上，看到舍友在找工作投简历，参加秋季招聘会。那是我第一次听到"秋招会"这概念。在大陆，学生是在毕业前找工作；

在台湾，学生是在毕业后找工作。这当然和人口基数、应聘者质量和工作岗位数量有关系。我当时也没多想，找舍友要了模板，填上了自己的信息，就投给了企业。第二天，公司通知我参加面试。要想得到这个工作岗位，要进行四轮面试和一轮笔试。第一天上午是个人介绍，题目是"我的核心竞争力"。我是在面试前一个小时才知道题目。因为前天晚上刚投了简历，确实没有太多时间准备，而且我是台湾人，不太懂规则。幸运的是，第一轮面试通过了。第二天参加第二轮面试——无领导小组讨论。在参加面试前，舍友告诉我，要根据企业的类型决定自己表现的方式。这句话帮了我很多，第二关也幸运地过了。接下来是下午第三关。第三关的结果一直到第二天凌晨才公布。因为参加了一天面试，紧张加劳累，当天早就休息了。也就是说，如果我看不到那条消息，第二天九点的面试我都无法准时参加，结果可能就是我被淘汰。但是第二天凌晨，我起床上厕所，无意之间看到了这条消息，让我当天九点钟参加面试，还要在八点之前提交一份考卷。凌晨五点，我开着面前的一盏小灯，把摄像头对着自己，做完了考卷。九点参加了面试，就这样，我拿到世界五百强的工作机会。

记得 2016 年我撰写分享文《申请北大的小插曲》时，才是刚报到入学的新鲜人，转瞬间已经离开校园展开新的人生起点。无论当时或现在，我坚定认为选择北大是这辈子做过最对的一件事。北大不仅给我提供了一个良好的平台，还把自由、创新、思辨的灵魂传递给了我。大学对一个人的影响真的很大，北大两年念出来我觉得思维真的是成长了很多。北大 120 年也挺不容易的，风里雨里走到现在，风风火火办到现在，北大的精神没丢。最想对北大说一句，谢谢您！

（采访、撰稿：刘雨瑞）

关于北大的那些"特别的"缘分

□ 2001 级法学院　黄信瑜

　　人生就像一场充满未知的旅程，很多时候，我们并不知道自己接下来会遇见怎样的未来。但关于北大的这些日子让我明白，那些最美好的，总会在最不经意的时候出现。现在回想起过往在北大的求学时光，当时情景仍历历在目，北大已然成为我的精神家园，实在非常感恩老天为我安排人生中这段如此幸运又美丽的经历和缘分。

情有独钟北大法学院

　　记忆追溯到十几年前，我在硕士毕业后，先后经历了当兵、工作，在而立之年时，恰巧在一次聚会上认识一位刚从北大国际关系学院毕业回台的朋友。虽然台湾人去大陆读书在现在来看是很普遍的事情，但在那个年代对我来说，却是一件从未听说过的新鲜事。第一次听闻有台湾人到大陆去读书并获得学位，惊讶之余也心生向往。出于对大陆的好奇和想要继续学习的渴望，我开始向他了解有关报考北大的相关信息。选择报考北大，是因为我深知它是一所承载着光荣传统、爱国精神的大学。北大注重培养学生独立自主、开放进步、爱国爱民和敢为人先的思想精神，这也就注定了它是新文化运动的中心和五四运动的发源地。北京大学从诞生的那一刻起，就被赋予了厚重的历史使命感。"与国家同呼吸，与民族共命运"已然成为北大永恒的精神底色。这里不仅涌现了一批批引领社会风气之先的人物，更造就了一代代各领域的开创者和奠基人。一代代北大师生以行动挥洒爱国情怀、报国之志，不难发现，在国家历史的每一个关键节点，都有北大人位列其中。在去北大读书之前，我早就被它深厚的历史文化积淀和进步开放的学风传统所吸引。我对北大法学院情有独钟，记得当时的报名简章规定，只能报考一所大陆大学的博士班，我抱着"今年考不上明年再来"的心态，还是坚定地锁定了北大。2001 年，我到北京参加考试，考上后，我辞去工作，开启了负笈求学之路。

燕园一场求学青春

初到北京，之前从未在大陆生活过的我，拥有了一种全新的生活体验。走在北大的校园里，不论是古老沧桑的校内建筑物，还是极具传统特色的西门，都让"古色古香"成为了这所百年名校留给我的最初印象。"一塔湖图"（博雅塔、未名湖和图书馆）是北京大学校园内三个著名地点的概括，其中令我印象最深刻的就是未名湖，它是北大校园里一个很有特色和代表性的景点。平时可以看到很多师生围着湖边散步，或是看书朗诵。冬天的未名湖结冰后，经常能看见有人在上面滑冰。这种在台湾不可多见的自然景观让第一年在北大读书的我倍感新鲜和兴奋，这种欣喜之感直到很多年之后的现在依然记忆犹新。第一次来到北方生活，除了对气候的适应，饮食习惯也不得不"入乡随俗"，因为北方的饮食口味比较重，虽然我本身对食物不太挑剔，但有时也还是会叮嘱厨师少放一些盐巴。作为当时校园为数不多的台湾人，我的同学、学长姐、学弟妹和学校里面的教职工，还有包括我常常光顾的书店老板，听说我是从台湾来的，都感到很好奇，经常问我有关台湾方面的事物。熟悉之后，也就很自然地把我当成自己人一样相处。十几年前的北京大学里，学校硬件设施还不太完善，但随处可以看到很多用功的莘莘学子，整个校园学习的氛围非常浓厚，常使人深受感染。此外，北大学生言谈间常散发出传统知识分子具有的"勇于担当""知识报国"的强烈使命感，把自己的个人前途和国家民族的未来命运紧紧相系，也常常令我内心大为触动。

这段刻骨铭心的北大求学岁月，已然赋予我一种厚重的"家国情怀"。

值得一提的是，北大是一个"盛产"讲座的大学，印象最深的就是校园每天有着各种各样的学术讲座，恰巧我又是一个讲座的狂热爱好者，所以用来张贴各种讲座信息、海报的著名"三角地"（校园的中心地带），就自然成了我在课余之外经常光顾的地方。北大作为一所综合性大学，校内举办的讲座非常多，有时好几场我感兴趣的讲座都在同一天晚上，我常常就骑着脚踏车飞奔赶着下一场。主讲人也不限于校内外的学者，有时也会邀请一些社会上的知名人士，这时往往要提早去"占位"，才有可能一睹演讲嘉宾的风采。此外，我也参加了北大法学院研究生主办的社团，主要就是协助举办一些讲座活动。在此期间，我也邀请了几位台湾的老师到北大做演讲。于是，办讲座、听讲座，也就成了我在课余之外最大的享受和乐趣。听讲座对我来说不仅是一种精神盛宴，满足了当时求知若渴的我，同时也极大地开阔了我的学术视野，更丰富了我孤单一人漂在北京的生活。

在北大相逢的安徽情缘

世事变幻，人海茫茫，人与人能够相遇相知，是必然，也是偶然。冥冥之中，在我人生的这一小段旅程，北大也让我拥有了对自己来说很重要的两段缘分。在那里，我遇到了我现在的爱人。她是安徽蚌埠人，当时也在北京读书，就住在北大附近，我们因为一次偶然相遇而相识，我们毕业后就结婚，婚后很快有了一位"两岸之子"。安徽省蚌埠市对我而言，已是第二故乡。每当我在外开会或参加两岸交流活动时，也常将"安徽女婿"作为开场自我介绍的身份标签，同时这也表明我对安徽这块土地与人民的感念与认同。另一位是我的博士生导师周旺生，巧合的是，他也是安徽人（巢湖）。一开始听他讲课时，对他的口音较不习惯，也担心自己听不清楚，但在经过了一段时间熟悉后，自己才开始慢慢适应。周老师作为大陆立法学科领域的大家，很受学生喜欢。他自身渊博的学识加上一种比较幽默诙谐的授课方式，通过师生互动交流，让课堂上的知识变得轻松活泼、好吸收，也让我受益颇多。有为者亦如是，在周老师的潜移默化中，自己也深受感染，同时也奠定了我日后成为高校教师的志向。

毕业后长留于心的北大情

鲁迅先生曾言："北大是常为新的，改进的运动的先锋，要使中国向着好的，往上的道路走。"每一所学校，都有属于自己的"校魂"。北大厚重的历史积淀所孕育出特有的精神文化，是一种能深深嵌入学子心坎，并成为其日后自信地走向未来的精神指南。"思想自由、兼容并包""爱国、进步、民主、科学"的北大精神，孕育出它独有的一种超越世俗功利的大学文化。在北大精神的熏陶下，使我更加能感受和体会它所带给我的方方面面的影响。这也是日后我甘愿无悔地用自己最美好的青春岁月，奉献于大陆的教育事业，并不断期许自己可以作为两岸青年文化交流的桥梁，自觉担当以实际行动去推进两岸社会融合发展的原因所在。

从北大博士毕业后，因当时有台湾亲友在上海工作，加上有位北大同窗好友也在上海的大学任教，于是一开始我也就选择在上海的高校教书（华东理工大学），以便与亲友就近相聚。一年之后，考虑到家庭因素（老婆是独生女），我自然而然地如同"娶妻随妻"般地就"跳槽"到位于安徽省蚌埠市的安徽财经大学。转眼之间，也来大陆 18 年了。作为安徽省第一位台籍高校的法学教师，心中充满着无限感恩与自豪。教书育人，成为一名高校老师是自己人生职业规划选择的最爱，同时这也是一份能不断充实自我、实现自我价值和让自己幸福感倍增的工作。每天都可以开心地沉浸在知识的海洋之中，并将自己阅读、思考后觉得有利于学生学习和成长的知识，在课堂上毫无保留地分享给学生们，在看到他们毕业后步入社会成为有用之人时，就是对我最大的鼓舞，我深感欣慰。教书之外，我也积极奉献心力回报社会。经常举办或参加一些有益两岸文化交流和社会公益的活动，不时为两岸青年实习、就业、创业和教育事业的发展建言献策。另外，每当我到北京出差或旅游时，都会找时间回北大校园走走，因为我仍不时想去重温那段我永难忘怀的青春时光。

一些有益的过来人建议

作为已经毕业十几年的"过来人"，我也给正在或将要赴大陆读书的台湾学弟妹一些小建议。可以的话，最好与大陆同学住在一起，这会是一个帮助你们尽快熟悉和融入周遭环境的好机会。通过与大陆同学每天的朝夕相处，互动交流、相互学习及交换对不同事物的观点，在这过程中，我们不仅能真实地感受到彼此由于各自不同的成长环境、教育背景所造成的对事物认知的差异，同时也会不断地扩大和修正自我对外部世界的认识，更能有助于相互的了解和包容。另外，最好能多参加学校的学生社团活动，一方面能开阔自己的视野；另一方面，也能多结交一些不同学科领域的朋友，这都是日后人生的宝贵财富。

唯有感恩

这美丽的北大校园，让所有在这里学习过的人们终生梦绕魂牵。都说回忆是对往日美好的珍藏。在我心里，北大时光虽然过去很久，但我却不曾忘记。蓦然回首，母校已走过了120个年头。值此母校120周年校庆，在送上祝福的同时，也希望母校未来能够引进更多的世界知名学者，带来更多的前沿知识，繁荣学术、追求真理、守正创新，引领未来，彰显新的时代气象。

感恩 18 年前老天安排的缘分，让我有幸与北大相遇。在我心中，北大不仅是中华民族伟大复兴的精神堡垒，更永远是我的心灵家园。

（采访、撰稿：赵学真）

我在北大的日子

□ 2015级光华管理学院　黄宣玮

北大第一天

2015年9月，我来到北大光华管理学院就读金融硕士。报到的那天是个雨天，我们被分配到的三十号宿舍楼刚翻新，通往宿舍的路甚至还没铺上。我和伙伴拖着装满从台湾带过来的家当的行李箱路过泥泞的洼地。走在雨中，内心突然有些迟疑："也太悲惨了吧，这个选择真的是对的吗？"。

入住后，舍监给我们每个人发了电风扇、绿色植物和活性炭。当时我与室友还觉得学校十分贴心，后来才明白，由于宿舍楼刚盖好，这些东西是用来吸甲醛的，也才听说宿舍楼重建只用了两三个月，我一方面佩服高效率的施工过程，另一方面却也担心宿舍楼的安全性。

就这样，我的北大生活在有点疑惑又有点期待中展开了。

思考差异原因

想要来大陆念书的契机是从探索两岸文化差异为起点。我在本科接触过一些大陆同学，发现两岸的同学虽然讲同样的语言、承袭中华文化，但是两方对事情的看法、对世界的认知都不太一样。

2014年是我大二升大三的那年，我去上海交通大学参加小学期的暑假课程。有一天，有一位大陆同学问我来自台湾的哪里，我回答："台北"，我身旁的台湾同学看对方有些疑惑，便补充了一句："就是台湾的'首都'"，大陆的同学竟立马反应道："什么'首都'？你搞分裂啊！"这件事情给我留下深刻的印象，大陆同学很直接的反应是因为内心认为台湾是中国的一个省份，但如果是在台湾长大、接受台湾教育的年轻人，对于两岸的关系会有很多不同的解读。

从上海回台北后，我以志愿者的身份接待了从清华大学来台湾交流的学生。当时正巧发生"洪仲丘事件"。洪仲丘是在退伍前夕，因携带具有拍照功能的手机和MP3随身碟，违反规定，被台军实施"禁闭"处分，不当操练猝死，因此引起台湾社会高度关注。

在交流期间，我们在路上遇到了因"洪仲丘事件"静坐抗议的群众。交流团中的台湾同学观点比较一致，觉得要为这种不公不义的事情站出来发声，让当局看到民众是如何看待这件事情。大陆同学则有两种观点，一种赞同我们的想法；另一种则认为为何要花费这么多的人力、物力在已经离世的人身上，对于抗议群众有些反感。

这两次的交流，启发我去思考究竟造成两岸同学有如此分歧观点的背景是什么？同时也发现我对于大陆的认识实在太少。自己本身就喜欢与人接触，喜欢交流对同一个事情的不同观点，因此我决定采取行动，包含开始去听学校关于两岸的讲座、参加台陆学生交流会等，积极地去探究造成差异的原因，也埋下了后续选择到北大读书的种子。

双向百里挑一

我们在台湾媒体上看到的大陆学生形象是：上课坐在第一排，认真听讲，积极向老师提问题。但我到了北大校园后发现，实际情况并不如媒体所报道的那样。我身边的同学也会为了其他事情而翘课，例如实习、听宣讲会、参加各式各样的交流等，读书不一定是他们的首位。此外，台湾学生对于大陆同学会有"aggressive"的印象，中文则是用"狼性"去形容大陆同学为了追求目标的过程。

来到大陆以后，我认为大陆同学之所以会有这种现象也是被环境所迫。从2015—2017年的北大、清华录取率来看，北京录取率最高，达到了1%以上；而云南和贵州两省录取率最低，仅仅为0.03%，3年平均报考人数为937万。大陆竞争的情况真是不看不知道，一"算"吓一跳。

研究生期间，我到一家排名前五的券商实习，同期实习生多数是来自北大、清华、人大的学生，还有少数海归，大家没有领工资，没有自己的座位，全部挤在一间会议室办公。有一天突然停电，顿时没有了风扇和灯光。北京的夏天热得吓人，在塞了那么多人的小空间工作格外难受。

由于竞争过于激烈，大陆同学必须尽全力才能爬到金字塔顶端，或说争取到想要的东西，环境逼迫着大陆同学必须更早定下目标，果断地取舍及排出优先顺序，然后立刻开始布局。因此在毕业后获得令人称羡的工作以及在课堂上成为学霸角色之一，同学们依据自己的目标做出了决策及时间分配。台湾学生面临的环境相对安逸，大家追求更深层次的需求，希望可以找到最喜欢、最适合的职业或人生目标，会在学生时期持续地在不一样的道路上探索，却可能没有在一个领域深耕。

举一个亲身的例子，有位硕士同学在本科时做了十份实习，在十份实习后，他得到了一个外资银行的 offer，毕业后就在留在实习单位工作。我在台北的时候，会觉得该外资银行与我的距离不是很遥远，但到了北京才知道，原来要在本科时期做十份实习，这么认真及努力地去了解产业、累积经验，最后才能在简历上写上那个银行的 Title，我也才明白，原来这些顶尖公司想要的人才是这样子的。

与时间赛跑

入学后我有两个没想到，第一个是硕士第一年就要开始找实习；另一个没想到是金融行业实习竞争的激烈。起初我设想的是：来北大认真读书，坐在第一排，上课积极发言。但开始上课才发现，大家都准备找实习了。而且，想要找到实习还真不容易，以前在台湾投个两三家简历基本就会有回复，在大陆要海投，投递 50 封且杳无音讯也属于正常现象。

而市场上的企业不只需要优秀的人才，更想要有经验的人才。公司希望我们一进来就已经懂这个行业在做的事情且能立刻上手，不用再被教导及培养。对我来说，这样的模式似乎是在寻找"匠才"，然而有些能力例如"创新"是需要时间酝酿，无法一蹴可及。想到徐峥在电影《人在囧途之泰囧》里借由泰国出租车师傅挖苦自己"中国人最着急"，好像可以会心一笑。不过，现实摆在眼前，大家都得去寻找生存之道。

硕二时，我白天要上课、实习，晚上要去听招聘宣讲会，来不及吃饭的时候，就只能去松林包子铺解决，因为可以很快吃完。可能因为常去吃，所以当让我说出脑海里的五个北大地名时，我立刻想到了松林包子铺。

学习和实习之外，我还担任了北京大学两岸文化交流协会的主席。社团平时会和一些对台机构合作，并邀请各个领域的专家、老师来做演讲。我作为主席，时常有对外介绍台生情况的机会，并反映台生在大陆遇到的问题，与相关单位沟通解决方案。此外，我跟一位朋友在脸书上开设了一个粉丝专页，类似于微信公众号，我们会在上面分享于大陆的见闻，平衡台湾部分媒体过于偏颇的报道。

我曾在粉丝专页写过一段话："你能理解不一定能接受，能接受不一定能享受"，这也是我最想跟学弟妹分享的，当你来到一个新的地方，就放下成见，试着去思考及理解差异背后的原因。理解之后，你能否接受在这样的环境工作、学习，甚至成家？而接受之后，你过得开不开心又是另外一回事。很多台湾人会觉得来到大陆求学就应该留在大陆工作，但如果你没有在大陆找到工作或选择回台湾就业就是一个失败者。我反对这样的观点，对于这个环境，如果你只能理解不能接受，或者你只能接受不能享受，回台湾或者去其他城市发展，都是更好的选择。

感受北大精神

现在回想起来，两年的北大日子，真是辛苦又充实，但如果让我重新选择，我还是会继续坚持追求卓越。在北大，身边的同学不仅是学习上优秀，其他各方面也都很优秀，让我大开眼界。不过这次，我会在前往北大之前，多方面请教学长姐在大陆的经验，并且要从专业角度对大陆的相关产业做初期研究。其实当时网络上也有很多资源供我们去了解，但我们意识不足，导致我们到大陆后很多事情都只能随机应变，十分被动。所以如果有学弟妹想要来北大或说到大陆念书，我会建议他们在来之前要做更多的功课。

北大是一个没有校训的学校，很多人常说"这就是北大精神"，但也没有人能精准地描绘出北大精神。我感受到的北大精神一是"精神上的自由"。只用"自由"两个字去描述北大精神我觉得不太贴切，需要具体到心灵上的自由。第二个词则是"典范"，成为一个经典，成为各个领域中带头前进的典范。第三个词是"扎实"。北大在理工科方面比较多的是物理、数学这种基础学科，在清华则有比较多的应用学类，例如电子、机械。北大会特别去钻研很多理论性、基础性的东西，有一种要把这个理论探讨到最细、最深，追根究底，决不放弃的感觉。

在北大 120 岁生日之际，期许北大的师长们能继续带着"培养出带领中国前进的知识分子"的心情做教学，北大学生也要担起带领社会进步的责任，极尽所能，对社会做出更多的贡献。

（采访、撰稿：农晓玲）

心之所向　素履以往

□ 2018 级心理与认知科学学院心理学临床专业　黄学勇

　　我是北大心理与认知科学学院的研一学生黄学勇。在我心目中，能代表北大的五个名词就是：情怀、努力、自由、天分、标杆。我身边的北大同学们无一不是出类拔萃的，而且还都是淡泊名利之人，无论在学术上或是社会上都跟其他学校的人有点不一样，有一种比较自由开放的思想。

选择北大

　　我本科在广州中山大学，读心理学专业，毕业前曾想过回台湾就业，台湾的临床心理咨询行业发展了一段时间，已经很规范。不过，因为市场饱和，回去可能没什么职缺，加上已经习惯在大陆的生活，想想不如继续留在大陆发展，就决定继续读研究生。在心理学领域里，有人认为北京师范大学心理学部可能是中国心理学专业排名第一，清华也是心理学领域的顶级学校。不过，北师大比较侧重科研，清华则是学校总体侧重理工科。我想选择的方向是临床，也就是偏向心理咨询。在心理咨询领域，北大应该是全国最好的，加上北大是一所综合性高校，文、理科各方面比较平均，我觉得到这里可以接受相对北师、清华更多元与综合的学习环境，认识不同领域的朋友，所以北大是我的第一志愿。

北大生活

到一个新环境，趁我们还年轻，还有体力的时候，在外面多走走也没什么不好。我本科在大陆这边，所以适应方面没什么问题。况且还有以前的学长姐，他们也会给我许多帮助。要说比较有问题的地方，那就是学习方面而已。

刚来到一个新环境，有点不习惯学校宿舍。我们宿舍其实蛮古老的，上下铺的床，没有独立洗衣机，然后还是个大澡堂，它虽然有隔间有帘子，但还是有很多人当作没有帘子一般，作为一个南方人就会很不习惯。没有对比，就不会有失望。我本科宿舍虽然是四人间，但是有阳台，有独立卫浴，有洗衣机。和北大这边一比较，差异超级大。就算配置了洗衣机，也只能在宿舍外面，拿微信扫一下才能用。不过不能保证卫生问题，因为我们也不知道上一个人在洗衣机里面洗了什么东西。宿舍不能用大功率电器，超过500瓦，就自动断电了，过了几秒钟，电又跳回来了。吹风机或热水壶这些小电器统统完全不能用，冬天很麻烦，每次都要走到一楼借插头来吹头发，才不会跳闸。北大宿舍生活，从一开始的不适应，到现在已经慢慢习惯了。

在饭堂，如果是中午，无论是农园还是燕园，大家都习惯站着吃饭，这是之前我从来没见过的。食堂里一整排人都站着，不是拿着边走边吃的，就是吃完马上就走的。因为北大的午休只有一小时，12点至13点休息，13点开始上课。时间其实很赶，上一节课通常都会拖堂，所以可能12点15才下课，然后你从教学楼还不能走回宿舍那个方向的饭堂，只能去农园或者燕园食堂而已。所以算起来时间真的不够，大家可能为了赶时间也不想找其他地方，就站着吃，解决中午那一餐。另一个原因可能是时间赶，人又非常多，食堂又很小，没什么座位，所以大家只好将就着，站着吃。这件事情以前好像也上过新闻，就是北大学生站着吃饭。我第一次看到的时候，冲击还蛮大的。不过，和他们不一样的是，我午饭都是拿回实验室吃，因为实验室就在燕园旁边。我从没体验过站着吃，其实还蛮想试试看，可事实上连站的位置也快没有了。

我有健身的习惯，每次去健身房，又发现就连健身房外面的憩息之地，也都有人在念书！明明那是一个健身房！但总有勤奋刻苦的同学在那里学习，我再一次感到震惊。我室友晚上八九点才从实验室回来，回到宿舍他也会看线上课程，看到三四节课再睡觉，课程结束差不多10点多。他的作息时间都很规律，10点多睡，然后7点多起床。原来的我很爱熬夜，现在因为他10点就关灯，被他影响了，一段时间下来，我也养成了早睡早起的好习惯。其实这样，我觉得蛮好的。

除了改变作息习惯之外，来到北大，我的另一不良习惯——饮食不规律也得到了明显的改善。我以前吃饭时间也很不规律，本科的时候喜欢叫外卖，我什么时候饿就什么时候吃。现在，因为外卖费用比较贵，不得不选择舍弃外卖。再者，相比于点外卖，学校里面的饭堂更方便，下课路过就能够马上吃。可是饭堂有一个营业时间，我必须在规定的时间内用餐，否则我今天就没饭吃了，这一点又迫使我改变饮食习惯。不得不感叹，北大让我重回健康生活！

充满惊喜的开学典礼

通常来说，学校的开学典礼理应特别官方特别正式，比如播放校歌、诵读校训历史等等。然而北大没有校训，也没有校歌，和其他学校完全不一样。在严肃正经的开学典礼上，北大反而还有研究生变魔术的环节。这个魔术环节是全场几千人参与并且共同完成的。每一位研究生在入场前都会发一个道具和一个信封，然后把道具装在信封里。你以为这只是一个普普通通的大众流行的魔术表演？那就大错特错了。其实，这是一个不仅仅与北大相关，还需要带点数学逻辑头脑的魔术。入场前给我们的道具就是几张精心设计过的卡片，只需将其裁剪分成八份，然后打乱，经过一系列步骤之后，我们手上仅剩两张卡片，合起来所呈现的就是一个北大象征物，就像未名湖、博雅塔，但每个人的图片还不一定一模一样。这和我以前所经历过的充满仪式感，想象中以为会很无聊很枯燥的开学典礼截然不同。北大的开学典礼是属于学生的，有趣还充满惊喜，而不是单一让学生成为听众的传统仪式。

寄语自己，寄语北大

我想对自己说，"今天我以北大为荣，希望明天北大也能以我为荣。"还想对学弟妹说，假如机会就在面前，就一定要去把握住机会。我之所以能来到北京大学，其实是有国家政策支持，扩招台湾学生的这么一个宝贵机会。所以，台湾的朋友们不要害怕，要学会抓住机会。因为在你没做之前，你并不知道结果会发生什么事情，说不定实现愿望了呢。然后也不要带着自己的偏见看待任何事情，要保持一种开放的态度，去大胆尝试一切你可以尝试的事情。

（采访：黄裕峯　撰稿：黄裕峯）

北大"分部的分部",有这些故事

□ 2017 级集成电路设计专业　柯谚泽

无锡模式

太湖之畔,在距离北京大学本部 1000 多公里的无锡市,一个占地 500 多亩的校园就坐落在这里。这个大致与两个中学面积相当的地方,便是北京大学的无锡校区了。北京大学无锡校区是北大软件与微电子学院所在地,2008 年投入使用,至今已有 10 年。10 年间,这里送走了一届又一届毕业生,如今,北大已计划将无锡校区迁回大兴,我就是在这个背景下,开始了自己在北大的日子。和一般意义上的"北大学子"不同,我就读的集成电路设计专业所在的地点,是与北大本部相距甚远的无锡校区,空间上的距离似乎也给我们这批身处无锡校区的学子和"北大"这个名词之间带来了些许疏离。大家都流传一句调侃自己的话："无锡校区算是大兴校区的分部，也就是'分部的分部'"。我们只有在注册盖章的时候会去北京，但是我认为最能代表北大的地点，和其他学长姐的认知大致保持一致，也就是未名湖、博雅塔和西门这些地方。尽管远在无锡，没有北京那样方便，但在这里生活学习也有不同于校本部的回忆，有另外一种北大人自己的经历。我们不像本部有着花样名称的众多楼宇，台湾社群网路服务的网站狄卡（Dcard）讨论无锡校区时有一句话："如果要充充实实地生活、高度竞争很多的资源的人，请去校本部；如果比较有自己的想法，比较喜欢自己一个人干活的就去无锡"，我觉得帖子回复得蛮有道理。我每天的路线几乎就是从宿舍到教学楼之间往返，简单到可能会让旁人觉得有些无聊，但如果对当年进入北大的自己说一句话，我还是会说："这个决定很棒"。但其实，我们在无锡校区也有自己独特的学习和生活模式。研一时我曾组织和参加过一些校区的学生活动，例如：圣诞晚会、新春联谊。我们在台湾时候就喜欢棒球，大陆比较不流行棒球，所以我们组成棒球队，通过去参加比赛，达到相互交流的效果。无锡位在长江三角洲苏南地区的太湖北岸，城市里已经通了 2 条地铁，对外大巴、动车与飞机的班次都很多，地理位置其实很方便。我在北大无锡校区的第一年很喜欢三四天的小旅行，周边杭州、乌镇、南京、上海等地方都去"考察"过，增加自己专业知识以外的生活阅历。

更重要的事

我老家在台中市，一听就知道位在台湾岛的中间，台中日照充足且衔接南北周边与六个县相邻，东隔中央山脉与花莲相望，西临台湾海峡，环山面海是一个很朴实美丽的绿化城市，所以养成我踏实乐观的开放胸襟。我们工科的多数学生在大三时会开始准备考研，随着大家的脚步准备考研是确定的一件事。我没有离开台湾出去读书的想法，通常离开台湾读书，更多先想到美国。有一位跟我关系很好的学长申请了北大，他向我推荐了人生的另外一条道路。当然，继续留在台湾读研也是一种选择，到大陆读研倒是有听过但是没想过。其实我觉得自己考试发挥有点失常，还在犹豫是否明年再考一次的时候，收到了北大的录取通知书，使得情况又发生变化。

对大陆学生来说，这是千载难逢的机会，半夜都爬过去。但对我来说到北大这是一个重大的决定，考虑的因素很多，并不是一拍脑袋就立刻决定。我先找学长了解大陆和北大的情况，接着和家人与朋友讨论。家人是非常赞成，他们的观点是：大陆经验很重要！来大陆读书、生活，最直接收获的就是大陆经验，积累起来的经验，是远比学历或分数更重要的东西；朋友则认为：年轻人要跳出原本的生活圈去看看，看看别人在做什么。听完这些分析后，我的人生规划逐渐明晰起来，我想留在大陆工作，而北大学子是我在大陆发展的一个重要身份。现在，通过了这段时间的学习，我觉得学到了很多，也认识了很多人，到目前为止一切都如当初所设想的执行。

寄语未来

现在台湾有很多学生都想来大陆这边念书，网上经常会有未来的学弟妹询问相关信息，主要就是问报考方式、系所区别与生活经验。北大是世界排名非常靠前的顶尖学校，大学世界排名有多家机构进行，评价结果是基于多种综合因素。有时候台大在前，有时候北大在前，但是无论如何，北大从历史或是今天的客观情况来说，都具有绝对的吸引力，所以很多学生都想要来。以我申请的 2016 年为例，当年软件与微电子学院的港澳台硕士研究生复试人数就达到 136 人，虽然学校是面向港澳台统一招生，不过把来自台湾的同学和香港、澳门的同学加在一起竞争，在录取名额不多的情况下，竞争还是比较激烈。北大对台湾学生的招生方式是采取申请制，主要参考学生的在校成绩、英语水平以及大学经历等。我自己分析被录取主要原因之一是大学时获得过一些奖项，使得申请书增色不少。我也建议想要申请北大的学弟妹多多参加比赛，丰富自己的经历。不过，如果是学弟还要考虑到兵役问题，我拿到录取通知书后，便先休学去当了一年兵。当时有两种选择，第一是先读书毕业后再回来当兵，第二是先当兵再回来读书。我考虑到自己年纪，还有我们这个领域的专业知识变化很快，就是摩尔定律所谓的"当价格不变时，集成电路上可容纳的元器件的数目，约每隔 18—24 个月便会增加一倍，性能也将提升一倍"。换句话说，每隔 18—24 个月就是信息技术进步的速度。等我当完兵，原本学的专业知识又滞后了，特别是大陆总体环境变化也很快，可能刚熟悉又陌生，综合考虑下，我建议大家，若想来大陆发展，就最好在入学前先服完兵役。

相较于北大 120 年的历史，无锡校区这十年的生命确实短暂，但对于在这里生活学习的人们来说，却是我们人生中最独特的时光。母校 120 岁生日之际，我希望有更多台湾的学弟妹过来。这样会有更多同乡一起打拼的感觉，能在校园遇到同样来自台湾的同学，感觉会更有亲切感，也会很有共同的话题。我现在帮助一个学弟做申请北大的工作，尽自己的一份心力解决学弟遇到的困难。现在，我正在指导教授的公司实习，主要负责做一些陀螺仪传感器等设备的研究工作，陀螺仪传感器的运用非常广泛，特别是大陆目前移动载具的普及率使得应用具有广大的市场，在航空、航海、航天和国防工业中的导航应用，十分具有可期待性。这么一个对国家工业、国防和其他高科技的发展具有十分重要的战略意义的研究，可以为我接下来在大陆的发展打下坚实的基础。而无锡校区即将迁回北京，结束它十年的成长与发展史。

（采访、撰稿：郭宸）

透过北大看世界

□ 2016 级法学院　赖苡任

两岸同学属性不同

令我印象最深刻的是两岸同学属性不同。在北大校园里，只要授课老师同意，课堂是可以开放给校外人士来旁听的。我们法学硕博班是小班制教学，学生数量较少，老师能照顾到每一位学生，所以相互之间的讨论很多，经常会有外校生来和我们一起上课。有一次上《智慧产权专题报告》的讨论课，有一位外校的旁听生的态度让我觉得不舒服，因为她在大家讨论学术观点时，聚焦在未定名的翻译词汇上，为了非术语的翻译一直打断别人的发言，咄咄逼人地强调自己翻译的正确性，态度让人觉得很不舒服。如果场景是在台湾，类似这种打断方式的提问是很不礼貌的。当天轮到报告的人虽然是我的大陆同学，但是我本来课堂上就属于是踊跃发言那种，加上性格是有一说一的"直肠子"，在台湾读书的时候，就是一位课上喜欢发言的学生，在台湾同学眼中算偏"狼性"的人。校外旁听生的发言正好挑起了我思辨性的欲望，于是我就跳出来替我同学捍卫观点，予以回击。"这位同学，今天报告的重点不是这个词怎么翻译，而是应该回到讨论这篇文章的本质是什么，作为一个法学专业人士，如果你连症结点都不找到，而持续纠结翻译，恐怕意义不大"。经过我这么一说，原本的主题才得以继续进行下去。下课后，我私下问报告的同学，她觉得旁听生这种提问方式没什么不妥，且习以为常。这次经验之后，我才发现，在校园学习过程中，大陆同学习惯了"狼性"思维，也就是在表达自己观点的时候总是直言不讳；相比之下台湾同学比较偏"羊性"，讲话文绉绉，发言前还会有诸多环境因素的考虑，海峡两岸的校园文化有很明显的不同。其实，我觉得这种课堂讨论与学术沙龙结合在一起的方式很好，邀请外界人士参与讨论，互相批判，擦出思想的火花，接受来自别人的质疑，这不算一件坏事。有时候你将面对不同的情况，有的人会问在关键的点子上，有的人根本就不是来问问题的，但是你也必须回答，这就是综合训练，一种不单纯在象牙塔里的学术环境。我想象这件事情发生在台湾，任课老师可能会跳出来缓颊，但在大陆，就不一定。话虽如此，回归到北大校园本身，我们同学与同学之间相处很融洽，并不会那么带有攻击性。北大的学生跟其他学校的学生相比，其实还算比较客气，比较"羊性"。

选择北大拥抱世界

我的父亲从 1990 年就开始做关于两岸法学的交流，他在因缘际会之下认识了时任中国政法大学校长的江平老师，在 1997 年的时候他决定跟着江平老师学习，于是到了大陆攻读法律博士。正因为我父亲的学术背景也是法律，我从小在家中早已耳濡目染。从父亲来大陆念书至今，差不多 20 年了。父亲在大陆求学的经历，还有这 20 年来大陆的巨大变化，让我萌生想来大陆读书的念头。

一方面，考虑到在台湾读法律学要长达七八年，毕业之后台湾市场可能达到饱和状态，另一方面，我觉得目前要走向世界最快的途径就是来大陆。纵使台湾的法学教育发展较早，理论相对完善，也或许因为自己错过了台湾法学躬逢其盛的机会，让我自己觉得在台湾读法学有点缺乏挑战。现在全世界一流的学校都与北大有许多合作，使得北大有很多对外交流的机会，让我看到了希望！

　　曾经我也在中国人民大学、中国政法大学、北京大学三所高校中纠结。首先，政法和人大都属于联合招生的学校，所以我只能报一个。再者，我考虑到父亲是政法毕业，无论表现好或不好，都会被认为是父亲庇荫的关系，这样对我而言在政法念书会形成另外一种无形的压力。所以我报了人大，北大是独立招生所以也报名了。幸运的是我被两所学校录取了，这又令我陷入纠结。人大法学听说是采用小班制教学，教学质量比较有保证，因为发展了一段时间，学科建设的强项在于宪法、行政法及刑法；北大优点在学风开放，国际交流活动多，强项在于国际公法、私法以及商法等领域。考虑到未来我的就业取向是人在大陆拥抱世界，慎重考虑之下，从国际能见度、国际资源、校风、未来职业多方面的综合考量，我选择了北大。正因为选择了北大，我才有机会去英国访问交流，也享受到了北大带来的学术光环，多了很多教育资源。这里有一个体会，就是透过北京看全世界，比在台湾看得快！

刺激的北大面试

北大的面试方式会让人觉得压力非常大，整个面试过程特别"刺激"。一开始，我天真地以为博士复试是很寻常的一对多独立面试，也就是一位学生面对一组口试老师，由口试委员来主导问题。所以，我以为面试之前只要熟悉了博导的相关著作就可以了。直到面试当天，我们所有的面试者，不分港澳台与外国学生，包括我在内一共 10 人，统一被要求集中到一间会议室里，全程录音、录像，以免未来有争议时可以查看录影。面试开始，大家先抽题目，然后轮流上场针对所抽到的题目进行回答，时长约 5—10 分钟。本来这样的做法也不算特别，但接着其余的 9 人需要针对该同学所阐述的观点进行补充或提问，这个时候才是真正的考验。我形象的认为，这种面试方式宛如在斗兽场一般，给我们一人一把武器，集中在一个铁笼里，相互进行智力"搏斗"，特别具有挑战。在场的 5 位老师，只负责维持流程，其余一概不管，或许他们也正默默观察着我们的一言一行。在我看来，老师并不在意我们所回答的观点，他们更在意的是我们如何回应别人的批判和如何对其他同学进行提问。因为运气，有可能抽到自己熟悉领域的题目，但另外的题目可能就不会。

口试委员看的是我们针对其他题目，有没有办法去补充问题，由此来评判你的反应能力、应变能力、知识积累。这倒是令我感到非常意外。

因为一个导师只能录取一个学生，尽管港澳台生不占用内地生的名额，但一个专业也只能收一个，竞争十分激烈。我朋友抽到第一个，特别紧张，一边讲手一边抖。尽管他5—10分钟讲得不是很好，他也知道自己表现不好，但很快就领悟这个游戏规则，在后面别人面试过程中，积极提问和批判。甚至到最后，有两位学生抢同一位老师的名额，他们马上意识到面试规则，都非常积极表现。在这点上，我觉得大陆学生十分聪明，临场理解力比台湾学生快速。

读北大之后

让我有变化的不是北大，而是我的台湾学生身份来大陆念书。在北大，有些科系可能会对台湾的学生要求比较低，我听了有点难过。在来大陆之前，我的台湾老师有叮嘱，希望我不要表现太差。为了谨遵师命，为了自己能有更多的时间做自己想做的事，也为了不丢台湾人的颜面，所以，来到北大之后我更加努力地学习，第一学期我就把四年的学分全部修完了。

在北京，生活环境带给我的改变反而远远大于学校。由于地理位置的差异，北京的四季比台湾更加分明，热的时候很热，冷的时候很冷。日照的时间也不一样，改变了我的生活作息和饮食习惯。举个例子：在台湾喝咖啡的选择相对多，但在北京就少得多。两地之间就算是相同的东西，还是存在着小小的差异，我能明显感受，但是我的同学却察觉不出。如：某国际速食连锁店在台湾当地卖的汉堡味道不一样，但是我的大陆同学就觉得"不都是麦当劳吗？不是都一样的味道吗？有什么关系？"；我还会觉得大陆北方与南方的服务方式和态度截然不同，都是超大都市，上海的服务水平会相对北京好，所以来到北京之后，我对饮食、服务等很多方面的标准都在低化了。这种细节就知道，北方朋友会冠以我"事多"的名号，就连学校的宿管也说我"事多"，我不认为这是坏事，本来大家都有自己的文化惯性，北方人直爽，但是在城市生活里会有越来越多的生活摩擦，我的观念就是——礼多人不怪，多问对方不算"事多"。记得刚开学去食堂吃饭，我礼貌性地问"请问这边有人坐吗？"被问的人感到很惊讶，反问我："你是不是台湾人？"原来大陆朋友印象里台湾朋友都会问一下才坐下，让我觉得很有意思。

北大带给我的感受

北大西门一直以来是最具中国古典风貌的门，我第一次看到就受到深深的感触。还有那保留着民国面貌的红楼，给人带来一种历史的厚重感。在我没来北大之前，还特意去查过校园历史，原来有一部分曾经是以前的圆明园，直到真正站在红楼面前，才能感受到那深厚的文化底蕴。博雅塔，不仅建造的样式特别，就连名字也特别文雅。这一座塔，和北大的形象很像，第一次给我的感觉是学校里最高的建筑物，具有历史感，特别容易让人遐想到这富有诗书之地。我之前还以为是藏书阁，直到后来才发现原来是一个水塔。进一步了解后发现，它就是美国学者盖的一个很简单的水塔。渐渐地，每当一提到博雅塔我就会对应到北大。还有一栋楼，给我的冲击力特别大，就是北大的老生物楼。还记得，第一学期上课，那天正好下大雨，我们是 6 点半到 9 点半的课，当我一进到那栋楼，就看见走廊上满满的都是雨伞，每一间教室都坐满了学生。在那恶劣的天气条件下，在那用餐的高峰时间段，而且是通识课，不是正课。在这样那样的条件下，台湾可能就发布停课通知，或是学生可能会自动打退堂鼓不来上课。总之，那一天给我的感受就是，北大学生对课堂的求知欲旺盛，北大学生对知识的渴望并不会因为各种外在因素而受阻挡。我想，竞争力或许就是这样培养出来的吧。

北大 120 周年校庆，据我查阅资料，母校是在 1951 年改至 5 月 4 日为校庆纪念日，校庆时大家通过庆祝纪念活动，来发扬我们北大的办学特色，希望每年都能继续保持我们北大的优良传统，一直下去。最后，我想说，外面世界还是很大，不能因为我们是北大的学生就自认高人一等，应该反求诸己，比别人更谦虚。

（撰稿：洪玉莲）

中国文化与北大精神

□艺术学院　李翰莹

文化是没有疆界的国土

1999 年，香港城市大学张信刚校长决定启动《中国文化》通识课程，同时建立数据互动教学模式，这在今天来看仍是创时代之举。内容轻八股重启发，更以多媒体大数据库支持教学物证基础，鼓励学生跳脱传统思维，重新认识中华文化精髓。

台湾得意典藏公司受邀负责多媒体部分，北京大学文史哲研究所负责文字部分，香港城市大学中华文化中心负责课程设计。

这是一场跨越年龄和时空的共同创作，很难想象会进行得如此顺利。过程中没有官僚主义、没有文人相轻，老中青三代共掌文化盛宴后厨，归功于香港城市大学监制团队的科学化管理。

还记得那年深秋，寒风萧瑟，工作已经接近完成了，香港城市大学马家辉副教授利用访京机会，约我一起到北大和叶朗教授见面。叶教授的研究室书籍摞得像小山一样高，勉强挪动老椅子让三个人能坐得近一点，从北大门口走到文学院已经把我的双脚冻僵了，研究室里还是冷，但是坐在满室书香的空间里，三个人围在一起，畅谈了两小时，任北风不断穿透窗缝，内心却温暖无比，我们在文化认同中，彼此一见如故！相知何需曾相识？

在长期投入的"文化传承与创新"的事业中，我偏向关注的研究方向是"文化新经济"。这是一个新的研究课题，试图探讨"文化如何成为新中国发展的基石"，是一种执行方法的研究。

我认为，创新最重要的成就是利物利民，物利民利最重要的展现是高度文明，文明是文化传递过程中的物证，物证出来了，还要把物证解构出来。这就是 1992 年之初，得意典藏以绵薄之力，推动"数位故宫"（台北）乃至于 1999 年"数位中华"的源起。

譬如说北京故宫里有宋版张择端的《清明上河图》，台北故宫博物院里有清院本的《清明上河图》，两张图相差六七百年，怎么去对比两张图的图画内容？两张图的作者当时为什么会画这张画？两个时代的背景，和宋、清二朝老百姓的生活场景……，都可以从物证里面萃取出来的一整套知识结构，去支持更多的知识探索，包括：历史、政治、经济、艺术、风俗、宗教等知识体系（即"文化"）。很多人不明白我为什么投入毕生精力在数字典藏上，我想，我因为热爱中华文化，心里也有许多疑问，我自己和企业下了一些苦功夫，如此而已，得意典藏是数字典藏及数字出版的先行者，已载入台北故宫博物院 70 年院庆史册。

当代中国需要在文化产业中注入优良的文化养分，更快速地采用高科技技术来推入市场，追求民间企业长期的发展和国际市场，这中间存在数字世代的知识鸿沟，好比写书者众，读书者少，不是不读，而是传道、授业、解惑的方法已经不一样了，这对当代社会精英而言，几乎是一场国际巷战！那都是数字竞争力的结果。

在残酷的竞争之下，北大建校的精神——"博学、审问、慎思、明辨、笃行"十个字，今天比过去的要求更高了。北大承袭的严谨学风是伟大的，在治学方面追求"科学"和"民主"的方法是正确的，可是北大学子的文人精神却逐渐式微，这就不能快速地带领新中国走入国际社会，为什么这么说？我认为孟子心目中的"大丈夫"是中国人崇尚的文人精神，所谓"富贵不能淫，贫贱不能移，威武不能屈"，用这样的精神去追求"科学"与"民主"能真正有别于西方列强领导世界文明前进，中国不以富贵淫邦，不以贫贱淫己，不以威武欺民，但是，需要认真看待国际上有许多国家其实追求不一样的文化，全世界的门都为中国打开，西方列强比从前更了解我们，用大数据分析我们、计算风险、谈判输赢，而我们的民主和科学不能够再用"自满自足"来解析中华文化的内涵，要更多元化、更开放心胸、更务实！

在文学和艺术方面也是这样，如果总是去临摹，那什么时候才能出一个在世界艺术史为中国记上一笔的创作呢？如果为求成绩，不惜手段去抄袭，那么，学子被退学、产品被禁止、企业被罚款、最重要的国家形象（IP）不能增加文化的无形资产，国民在国际上碰到的种种困境就不足为奇了。

在文人精神中，我认为"威武不能屈"是最难的！东方精神讲究"尊师重道"，西方精神则是"挑战权威"，什么是真理？跨越不了才是真理。西方教育从小学就引导学生对各种学习提出不同的看法，同时训练学生养成挑战权威的科学步骤，我们的纵向数据已经很大量了，但是横向整理却不多，加上不敢挑战权威，一旦自认是天之骄子，也不允许他人挑战权威，结果是，知识与做人混为一谈，长久下来，知己不知人，故百战艰难。今天五四运动一百年了，我们重新检视"博学、审问、慎思、明辨、笃行"这十字，北大师生们能不自我警示？！我们站在下一个百年的起点，一样的"德先生""赛先生"，能不能够靠北大的精神去改变中华文化的内涵？一旦看事情的角度变了，文化的影响就丰富了。

美国哈佛大学的学生，其学风举世闻名，老师开的书单，学生们必须念完，念完之后学生必须要提出一些新的想法，不论对错，思考才是重点。这就是他们为什么能够培养出这么多诺贝尔奖得主。北大学风自由，但是所谓自由是鼓励学习思考，不是放纵，不是放松，更不是懈怠。

在此勉励北大所有的学科，将所有的研究发展提升到国际层面，中华民族未来的百年发展和竞争力，转折点都在我们这几代人手中，学校是学术的带领者，老师是领路人，学生们是人类文明发展的栋梁。我们脚下的每一步都要想到未来中国的三五十年的前景。有一点心理准备很重要！那就是：文化是没有疆界的国土，我们都是这个国度的大使。

以此祝福北大生日快乐，香港城市大学的师生们加油，也向两岸数字中华的幕后推手们致敬！继续向前，共勉之！

（采访、撰稿：杨洪美）

那一年，北大

□ 2018 级光华管理学院交流生　李庭萱

我是台湾大学到北京大学的交换生李庭萱。

提起北大，大部分人脑海中浮现的不外乎是"学霸的社区"，或是"学问的圣殿"；但对我而言，北大更像是"人文荟萃的大苹果"，因为这里汇聚着各省的精英，他们来自各个地方，不止口音、习惯，连想法意见都十分多元化，有种美国般大熔炉的感觉。另外，我还觉得北大可以说是"旅行途上的一颗明珠"，独特的人文背景，每每让北大西门那古色古香的牌坊前充满着游客，沐浴在这个极富美誉的书香殿堂氛围中。

台大人来北大

我觉得北大与台大有很多相似的地方。首先是北大跟台大其实有很深的渊源，因为台湾大学的傅斯年校长，曾在1945年代理过北大的校长。傅斯年校长的办学理念是希望台大延续着五四精神与北大风骨，希望传承北大的固有传统，保持着大学的独立性和学术的尊严；所以今天台大校园里充满了独立自主、思想自由、努力去追求真理的一种实事求是的风气。台大校训的八字箴言是"敦品、历学、爱国、爱人"，我认为北大或许与台大拥有相似的做人和求学精神，所以想来和北大人一起交流，甚至若有机会发现其中奥妙的差异性也是不错的。

其次，北大跟台大校园都大得可以骑着脚踏车闲逛，而且有趣的是北大有未名湖，台大则有醉月湖，踩上脚踏车和三五好友一起到湖边野餐，聊着课间知识、课后八卦，这种校园生活的方式，就是学生时代必经的熟悉场景吧。再其次，台大作为台湾社会进步发展的一个重要指标，北大也有同样的功能；台大与北大的学生都对自己有一种使命感，都想要为国家民族做事情、为社会多付出。基于这种相似的感觉，描绘出了台大人来北大、北大人到台大的交流样貌，而且能跟非常有水平的伙伴一起学习、进步，是我来这里交换的原动力之一。

初到北大，印象北京

大陆网民说上海是"魔都"，北京是"帝都"。我曾去过上海，那里的城市景观如摩天大楼与洋楼的建筑都有股西洋味。北京则保有浓厚纯朴的中国味道在里面，北大有一种沉着冷静的帝王气息，不是很热情奔放的南方风格。但共同点都是人口超过 1000 万的"超级大城市"，因为到哪里都人多，所以干什么事都需要提前一两个小时。但是下课无法提前，所以第四节下课时，北大食堂就会瞬间涌入大批人潮，男男女女都有站着吃饭的情形；我没体验过，但是看别人端着汤汤水水还能好好吃饭，心里也很佩服。

另外，北大分配给我们交流生每人一位"学伴"，我的学伴是就读政经学院的男同学。学伴协助我加速认识校园和提供我一些生活须知，甚至帮我把行李搬上宿舍，所以一切都蛮顺畅的。我大三的时候曾经去德国交流，来大陆与德国的区别就是德国是"一条龙"解决入学要办理的各种事情；而大陆是要到偌大校园内的不同地点分别去办理，比如：洗澡卡在 A 地点、校园卡在 B 地点、网络要在 C 地点办，对于初来乍到一切都不熟悉的外地生，学伴的制度对我们适应校园很有帮助。

北大生活

我没有担心来北大交流会遇到生活适应的问题，因为在台大时就认识了几位陆生，已经提前做过功课了。我只担心北京的空气质量，还有担心下雪、结冰容易滑倒。其他的生活问题，我就交给了淘宝、天猫和京东。所以来北京交换，基本上好像到隔壁一样，连我爸妈也很放心。

校园生活最让我印象深刻的是跟学习有关的两件事。一个就是北大校园里早上七八点就有人坐在教室外面的自习椅念书，晚上无论是图书馆、教室或其他地方，只要有亮灯的地方，就一定会有人在那里安静的念书。台大早上比较多是去上课，晚上灯火通明的地方通常是社团活动，一般是学生们在跳舞、运动或聚会，比较少是单纯在念书。另一个就是北大有某些课，老师在课堂上讲话的比例比学生还少，在台大基本都是老师先讲然后提问，学生就是几个人跟老师应答；我在德国交换时，感觉课上也是教授讲得比较多，外国学生发言也没有像北大学生这么踊跃。我在北大选修的《创业商业竞赛》课堂上，学生可以自主上台发言，有时候老师还要暗示学生时间差不多了，可以下来了。如果一定要比较学生踊跃表达的程度，依序是：北大、德国的学校然后是台湾的学校，不过也会因为授课的内容性质而有所差异。

北大课堂带给我的改变，主要是意见发表与逻辑表达方面。因为那门课的关系，我观察到每个人讲话都有清晰的逻辑，背后有一套架构存在；我可以解读他们的架构，但是我自己还不习惯在短时间内组织出那样的说话架构，而这也是我要多学习的。还有对我来说，过去在台湾发言前总会习惯先有缜密的思路才敢说出口，但在这，发言的氛围浓厚，不需要鼓励的情况，每个人都会主动发言，不发言反而奇怪，而这种直接表达想法的方式，抛出问题让大家一起参与问题的讨论，是我想带回台大校园，改变自己参与课堂的一种形式。

住宿生活方面，我住在学生宿舍的 40 号楼，宿舍是 4 个人一间，正巧同屋 4 位交流生都是台湾人，我们笑称寝内留着"台湾的味道"。宿舍的水喝不习惯，所以我们都要买桶装水自己烧开，桶装水有个好听的名字——燕园泉。每桶水大概有 20 公斤左右，无论是大太阳、下雨或下雪，送水的师傅蹬着三轮车送到楼上来，每天这么几轮下来实在很辛苦。还有就是宿舍的卫生其实也不太干净，甚至比台湾的一些落后地区都还要脏许多，也没有很好的落实垃圾的干湿分离。

另外比较麻烦的是，宿舍在九点多的洗澡高峰期会狂跳电，因为我们 4 个女生，每个人都要轮流吹头发，但是吹个 5 秒，整个就断电。而每一层楼有一个空间，专门洗澡的，隔间还有帘子；可是像我会去游泳，那里的洗澡间就是没有帘子，挺赤裸的。北大泳池更衣室的置物柜区中间有一个大椅子，在这空间里，准备游泳的人就围绕着椅子开始换衣服，毫无顾忌的全部脱掉，洗澡冲洗就都是一起洗，没有帘子遮蔽。台湾就是一间一间隐蔽的，这里就是开放的，一开始不习惯，但是我去了几次后，就慢慢习惯了，也算是一种新的体验吧。

寄语自己，寄语北大

今年正巧是北大 120 周年，我想对自己说的是"感谢当初做了来北大当交换生的决定"。而我也想对北大说"即使是 120 岁，依旧气宇非凡，这是属于北大的骄傲"。

（撰稿：丹增德萨）

让母校以我为荣

□ 1999 级法学院　李玉文

情怀使命到北大

我在台湾从事的是旅游业，所以借着到世界许多国家与地区的机会，顺便考察当地的投资环境。当我将在大陆看到的景象与在台湾书本上的内容相互比较后，更加强了我到大陆发展的信心。1997 年前后，正逢大陆的经济保持两位数高速增长，虽然我觉得处处都有商机，却不知道从哪里着力。当时我们的企业规模不大，也不是具有雄厚实力的"商二代"，在银弹有限的情况下，需要更精准的商情，才不会浪费子弹。我在台湾想找大陆商情资料，也尝试找学者咨询，才发现多数专家是留美，其次是欧洲、日本。心中起了一个疑问，为什么台湾没有毕业于大陆高校的学者？犹记在政大读本科的时候有门课叫"中国大陆问题研究"，其实授课老师自己都没到过大陆，忽然好奇他们是如何写中共党史或进行各种讨论？1997 年发生了几件大事，2 月突然听到邓小平逝世的消息，另一件是 7 月 1 日中国将在香港成立特别行政区，开始对香港岛、界限街（Boundary Street）以南的九龙半岛、新界等土地重新行使主权和治权。我关心海峡两岸会不会有新的变化？几件事情叠加在一起，里面既有个人的事业，也有个人的情怀使命，这些都促成我到大陆了解情况的动机，所以我就到位于上海长宁区的华东政法学院（2007 年因办学规模更名为华东政法大学）念硕士。当初选择到上海是想先试试水温，华东政法是很好的学校，但我内心一直觉得念书就要选最好的大学，毕竟我本科毕业于政治大学，也是数一数二的好学校。所以，1999 年在上海完成学业后，顺利考入北京大学，实现了自己的愿望。北大之所以为北大，果然是名不虚传，一所学风鼎盛的好学校。

北大印象

考虑是我来自企业界，希望所学能利人利己，帮助台湾企业界的朋友们，所以选择到法学院攻读经济法。当年得兼顾学业与事业，下课就立刻赶回台湾，所以无法跟同学一样尽情享受校园生活，印象深刻的不是校园地标而是接触的人。首先当然是我的指导教授盛杰民，盛老师是我北大认识的第一人，也是我就学期间接触最多的人，也是我人生中遇到的贵人。他和蔼可亲又学识渊博，对我影响很大。四年在北大求学的日子里，老师对我毫无私心，完全倾其所长、倾其所有的指导我。老师一方面辅导我的专业学习，一方面也帮助我加速认识大陆，给予我在学业、生活上许多帮助。我们同门师兄弟都自称"盛门"，毕业后都还维持联系，大家不分学制级别，每年都会举办一次聚会。盛门弟子都很优秀，大陆的学生就不用说了，港澳台与国外也都有优秀的盛门弟子，如：澳门的检察长、韩国的律师等。每逢师门聚会就好像是社会交际的人脉互动，而且大家都是在相同领域工作，只是地域不同，彼此交流工作中的不同经验，也是一种学习。同时，大家又有共同的校园回忆可以话当年，感觉特别亲近。第二印象深刻的是郝平教授，我求学的时候他是北大的副校长，现在已经是校长了。一般的感觉是校长较少与学生接触，但实际上我们年龄差距不大，当年又正巧郝校长到高雄做参访，在我们北大台湾校友的安排下，我负责部分行程的接待工作。郝校长1978年就在北大历史系读书，毕业后留校至今，是非常资深的北大人，他还写过《北京大学创办史实考源》，对北大的情感和对北大精神的理解都比较深刻。郝校长当时的一番讲话让我印象深刻，加深了我们台湾校友对北京大学的向心力。第三个印象深刻是在北大的第一堂课。在过去的求学阶段里，无论是小学、初中、高中、大学到硕士，我始终对自己的表达能力很有自信。在北大的第一堂课那天来了十几个人，老师先概论，之后就让大家自由发言。当第一位同学发言后，我心里就有一种强烈的震撼："这个人怎么能把问题讲得这么深、这么透"。直到第四位同学讲完，因为没有做足够的准备，我始终没讲一句话。北大真是各省的学霸和状元的聚集地，他们天生就是念书的料子。如果课前没有预习，大家一听就知道，自己会觉得发言很虚，跟他们在一起想混真的很难。第四个印象深刻的是校园的学风。北大的学风鼎盛，旁听是一种自然的事情。有一次我想听外院老师的课，八点上课，我提前十分钟到教室，结果百人大的教室已经爆满，连挤都挤不进去，这种求知若渴的盛况，倒是第一次看见。第五个印象深刻的是"毕业比入学难"。由于竞争者众，想考进北大当然是很不容易，但是在北大不但入学难，想顺利毕业也得费一番功夫。北大可能是大陆少数采取口试"一票否决"制度的高校。换句话说，只要一位老师否定，就没有办法拿到学位证书。因为种种因素，我必须降低求学花费的时间和成本，于是向老师提出缩短时间完成学业的计划。全部课程修毕后，我就开始准备论文，到了论文提交前，盛老师从专业与长辈的角度跟我说，如果我对论文的选题设定、撰写内容的详实、论点的思辨性与逻辑的严谨之间的攻防没有达到充分准备的情况下，基于答辩委员可以"一票否决"的制度，最好先沉淀一段时间后再提交比较保险。我按照盛老师的指导，这段期间心里反复思考答辩委员可能提出的问题，论文哪里还有不足的地方，搜集更多资料来强化自己的观点，到2003年确认已经充分准备了，才送审论文并参加答辩，最后顺利毕业。在我看来，进北大难，可是要从北大毕业更难。以上五点是我在北大的日子里印象较为深刻的事情，当然北大还有很多独具特色的精神与文化，那些应该多为大众所知悉了。

让母校以我为荣

我同意"最重要的是两岸同胞心灵契合"。我在北大校

园里看到了许多两岸青年一致的地方，北大校园精神就是
"精神自由，兼容并包"，这部分或可成为两岸沟通的桥梁。
进一步说，只有北大是不够，其他的学校也必须有"北大精
神"。我觉得如果两岸有更多的"北大"、更多的"北大人"，
这个民族的复兴、两岸的和平发展自然会水到渠成。我乐于
往这个方向作为人生发展的志业，所以现在很多工作都跟
北大有关，如：推动台湾人与北大的交流。因为这条道路
不仅我自己走过了，还希望影响更多的人一起体验。举个例
子说明，截至 2018 年，台湾 2300 万人里面只有 800 万张
台胞证，也就是说依然有 1500 万的台湾人没去过大陆。这
就是为什么今天还有台湾人会荒谬地认为大陆是"水深火
热""没有发展""吃不起茶叶蛋"的情况。因为没接触，自
然容易被蒙蔽对大陆的认知。台湾应该要有更多大陆求学经
验的人，不管政治态度为何，两岸不能再像过去那样对立，
因为对立导致的终点永远是战争。只要有越来越多的人在交
流，大陆被妖魔化的情况就会递减，大家能看清楚大陆的现
实情况，自然会重新反思两岸关系应该如何发展才是正确的
道路。当年回台湾曾有朋友问我怎么不跟大家一样去美国留
学，反而选择了一条"人迹罕见"的大陆求学路。现在回头

看，自己做了一个非常明智的抉择，因为到北大求学的台生越来越多了，还有放弃台大到北大的台生，在世界大学排行榜上，北大已经名列前茅，这都是当年大家努力的因与积累到今日的果。我不但没有后悔去北大念书，且非常自豪参与了北大的成长和我们自己的成长。

母校 120 周年，不管是本科、硕士、博士、交流、短期培训的企业界的北大校友，我们这群在台湾的北大人，我们都以北大人自诩，我们盼望在未来的岁月里面，和所有的北大人一样能够在中国史里面写下灿烂的一页。不只是以母校为荣，希望母校也以我们为荣，这是我对未来的期许。我个人也热切的盼望联合更多的北大朋友共同致力于两岸和平发展的工作，对中华民族的伟大复兴有所助力，写下灿烂而辉煌的一页历史。

（采访：黄裕峯　撰稿：黄裕峯）

孕育第一流人才的摇篮

□法学院　李正言

北京大学在我心中是永远的第一名，不管世界排名如何，北大就是第一。

食堂承载着情感与回忆

北大的西门、图书馆、博雅塔、未名湖，一直以来被万千北大学子深刻记忆在脑海中，当然我也不例外。但要说最令我怀念的地方，还有北大的食堂。我对学校的食堂非常有感情，北大食堂很有人情味。在北大的食堂，不管是春、夏、秋、冬，食堂里的食材会随着季节变化而不一样。你可以发现食堂里的工作人员都不辞辛劳，早出晚归，只为了给予北大学子们家一样的味道。从食材的采买、筛选、清洗、料理，到整个食堂的环境卫生清洁与维修，食堂所有的工作人员都亲力亲为。在食堂里也会发现，这里是我们很多学子跟师兄弟、师姐妹，甚至老师们之间能够畅所欲言、相互交流意见的地方。我很享受大家一起无话不谈的时光，食堂不单是供给身体粮食的食堂，也是精神粮食交流的食堂。北大食堂连拥挤都是美好的，承载着同学们之间的情感，还有对食堂工作人员的敬佩，以及丰富美好的人生记忆。

为什么要去北大

在谈到我为什么要去北大研读时，我首先想到的是北大创校至今所奠定的基础，在华人世界乃至全世界，大家对北大人的认同都是唯一的。与此同时，北大成为孕育当代人才的摇篮。有不少北大出身的优秀人才，如今在社会各个领域服务人民与国家，比如我们的李克强总理、胡春华副总理，还有我们北大以前的林建华校长和现在的郝平校长，都是我们的校友。我的祖籍是甘肃，我父亲是1949年从甘肃来到台湾，我现在也从事台湾的甘肃同乡会的服务工作。甘肃省兰州大学的严纯华校长，我知道他也是我们北大化学系的校友。看到这么多杰出校友，有一种感觉自己身为北大人的骄傲。江山代有才人出，北大在人才的培育方面做得如此优秀，培育出来的人才在社会、在政府、在各行各业里为人民服务。由此可见，北大的教育是非常成功的，这就是当我们拥有如此珍贵难得机会的时候，我们第一首选来到北大学习。

传承和发展是北大人的使命

传承，就是我们需要一代又一代交棒，前一代师兄师姐毕业了，后一代又有新的优秀的师弟师妹进来。当我们毕业了，离开了这学习圣殿般的学校后，走进社会，接着要往外发展，就要到社会、到政府部门、到企业去实践，实践自我也实践所学，也是服务和回馈社会。在北大学习的日子里，认识了海峡两岸的优秀校友，在同一个班里学习的，基本上是来自五湖四海的业界佼佼者。在他们身上看见背后努力后的淬炼与在社会上磨砺的人生。大家都在自我岗位上尽力完善自己的工作，认识他们也同时了解各行各业的业态现状，知微见巨，从许多小细节就可以看得到现在整个大陆各方面的发展，都是非常的繁荣昌盛。

我记得，有这么一位 34 岁的北大哲学博士常超，他放弃了北京的高薪工作，义无反顾地前往甘肃省贫困的广河县担任红星村的第一书记。顶着北大博士的头衔，愿意放弃物质上的条件到相对较为落后的地方去扶贫，这就让我看到了北大人自我奉献的精神。北大如一座桥梁，深深联结着各省市的校友会。每年的校友大会，各省校友会师兄姐们带着那属于自己所在省份的光荣与对校友会的情感，从四面八方赶来相聚。他们可以把在北大所学的知识、为人处世之道贡献、回馈回他们的故乡或工作。这不就是北大的传承与发展吗？

北大有一个词就是自由

我一直记得，胡适先生提倡的自由。我认为这种北大自由是思想上的自由，并且是一种兼容和并包的自由精神。所谓的兼容并包就是自我思想独立的同时，还需要尊重别人并且容忍别人与自己不同的想法。在北大认识了这么多的师兄师姐，我觉得每个人的思想都是独特的，他们愿意去包容和相融一些不一样的东西，互相去尊重。而归根结底，成就思想独立自由的是北大校园里的学习氛围，给予他们如此开放的思想和宽广的心胸。再者，就是个人的人格特质，愿意去服务，愿意去包容。塑造出一个个杰出优越的个性。这正是我对北大特别深刻的回忆和看法。

北大毕业后对自己的影响

我是先工作再进修，在社会上已经累积了不少企业或产业的工作经验，所以人生的观点会与年轻的本科生或硕士生不太一样。经过北大的学习后，珍贵的学习过程与建立的人脉资源，使我得以更有机会预览大陆发展的宏图伟业，以及见证大陆在各方面能力的提升。站在台胞的立场，我更希望台湾同胞能够在两岸多方面交流、经济贸易、文化活动上做更多的贡献。就个人而言，正好我也从事台北市甘肃同乡会的服务工作，有很多机会来往大陆，愈深入了解大陆，愈发现大陆的美好。仔细算起来，大多数省份都去过了，但是相信穷一身年岁也难窥尽大陆全貌。感谢北大校友办举办的活动，使我有机会接触到各省北大校友师兄姐，同为北大人使我们一见如故，产生许多共鸣和连接，交流信息与合作学习的机会。领悟人生理念，不留遗憾！

身为北大学子，很荣幸自己有机会念北大并且认识这么多同学！再者，我身为台湾同胞，我们又多了一份承担，希望可以一起为两岸一家共同来努力！

对学弟学妹的建议

我想与台湾的学弟妹们分享，想到北京大学学习，首先在台湾一定要够努力，在专业本科上面充实自己！因为北大是为预备好的人准备的，北大是最优秀的学府，所以它是由最优秀的人才组成。正如北大所信奉的思想自由、追求卓越、服务社会、自主创新的精神那样，我希望台湾年轻学子在年轻的时期，除了学校学习外，应多开拓眼界，关注两岸的发展、亚洲的现况以及全世界的局势，以免未来局限于自己狭小的领域。若能进入北大学习，表示你已经经过第一关的严酷考验，接着，要着重思考从北大学习之后，未来的你能够贡献什么给你自己与家人、社会，或者贡献什么给两岸。除了学习之外，也要多阅读和思考。而且现在的工具很方便，有互联网，不像很早以前没有网络，需到图书馆一本本地找书查资料，相对辛苦。所以，请珍惜当下宝贵的学习机会！

120 周年校庆的祝福

在祝福之前，我觉得要先感谢。感谢北大一代代的老师还有教职员工们，感谢他们在学术上、在生活上和在校务上对整个学校的贡献，有他们所做的工作基础，才有了后来的我们可以传承的基地，也才有我们的师兄师姐、师弟师妹们一届又一届地接力。北大因为有这么多优秀的老师和辛勤付出的教职员做后盾，培养他们，教育他们，让这些学生离开校园以后，又成就了他们在社会上完成自己的人生目标或者贡献社会的结果。因此，我祝福北大的精神一直被传承，培育更多优秀的人才，贡献社会。我也希望台湾的北大同学，能够更多融入、参与北大的历史轨迹，共同创造北大的未来而不缺席，在离开北大后，能够贡献社会，并肩负为两岸多做事情的使命。

（采访、撰稿：洪玉莲）

我在北大成长

□ 2016 级软件与电子学院　林长乐

缘起：为何来北大读书

大学期间，我总是喜欢每周固定观看国际新闻，新闻中总会谈及世界各地丰富的历史文化与经济发展趋势。最让我印象深刻的莫过于芬兰的教育，芬兰的教育模式是让学生自主的学习喜欢的内容，老师鼓励学生专业化发展；另一个让我佩服的则是大陆在教育与经济领域的快速发展，并逐渐在世界崛起。可惜的是相较之下，台湾则没有太多的变化。终于，在 2016 年，我决定离开生活多年的家乡，给自己机会出来看看世界。正当我犹豫要选择前往何处时，正巧看见北京大学的招生。虽说感觉自己的机会不大，但是仍抱着尝试的心态投了简历。9 月的某天，原本已经准备当兵的我却收到录取通知书，我记得那天我把这好消息告诉我的亲朋好友们，他们都非常地惊讶！毕竟，进入北京大学是多么困难。

好友：最难忘的事情

来北京大学最让我难忘的事情，莫过于结识了来自大陆的同学们，他们分别来自大陆各地，有江苏、吉林、安徽、海南等地。因为北大让我们相遇，同时成为好朋友。许多夜晚，我们总是一起谈天、吃饭、玩耍、学习，就像是久别重逢的朋友一样，大家一起开心地度过多少个夜晚，不论阴天、雨天、晴天，我们总是聚在一起。

谦虚：来北大对自己的改变

来北大，带给我最大的改变就是学会谦虚。大学时期，身边有许多认真学习的同学们，我自己也是其中之一。我自认热爱学习，当时在班上的成绩也是名列前茅，难免会对自己产生一种过度膨胀的自信。来到北京大学求学，发现我只是一位平凡不过的学生。因为能进入北京大学的学生，谁不是在各省市里的佼佼者，但他们身上却感觉不出一点傲气，反而更多的是谦逊。来了北大一年多，让我改变许多，不自满让我能容纳更多知识，谦虚让我变得越来越好、越来越进步。

　　120 周年想留给自己与未来学弟妹一句话：北大给了你一个机会，但切记莫忘自己来北大的初衷。

教育是条长河，学习永无止境

□ 2016 级教育学院　林彦廷

带着问题与目标，我来了

来北京之前，大陆我只到过福州、上海和东莞。由于自己内心比较强大，适应能力强，加上曾经在非洲、印度、越南等地都教过书，所以到北京这种发达城市应该没有适应的问题，而且因为我曾在东莞待过几年，那里的环境非常潮湿，反而很期待北方的干燥气候，换个生活环境。

在东莞的国际学校教书时，虽然很开心，但是人发展到了某个阶段会遇到瓶颈，很多事情会渐渐停滞下来，教学现场存在管理方面的问题，这些变化都开始引起我对教学现场发生思考。开始想着如何在教书的过程中，增加些研究题目或是学术性较强的东西。正巧有位高中时期的学长他在中国人民大学读硕士研究生，知道了我的情况后，他建议我应该试试到北大提升自己的教育能力，把实践与理论相互结合起来，能有机会到北大读博，再重返学术圈，对我未来的发展应该是蛮有帮助。我自己则一直有个观念，认为更新学历和简历是职场上一件十分重要的事情，避免在教学现场出现"万年教材"，一套知识不断地重复没有更新。此外，我也认为离开职场去北大念书，能给我所任职学校里的老师、学生、学生家长起到一个示范的作用。当时离开学校造成一个蛮大的轰动，会让他们觉得身边有人可以上北大，既然我可以，他们也可以做到，从而为他们树立标杆作用。于是带着问题我来到了北大，想要寻求解决和帮助。

第一次接触报名

当初报名北大的方式比较特别，港澳台生入学有几种方式，一种是跟大家一起考试，另外一种是实行以考察综合素质能力为基础的"申请—考核制"办法。所谓的"申请—考核制"，就是用你曾经做过的研究、教学经历或者其他经历来评分。因为我觉得自己的个人资料挺丰富，所以没有选择笔试。我是蛮有行动力的一个人。当初时间比较赶，报名 12 月份截止，我集中精力花了两周时间整理自己的资料，希望让审查的老师能清楚看到我的教学资历与读博士之间的正向关系，展现出自己潜在的科研能力。在网络上递送基本的信息后，隔年 3 月左右就有另外的资格审查、面试与考试。自己本身是英文老师，一方面想精进英文，但在教育方面存在比较大的问题，所以那时候犹豫是报教育学院还是外国语学院。面试时，教育学院先面，接着是外国语学院，因为工作的学校没办法连续请假两周，所以没办法参加外国语学院的面试，最后到了 4 月份公布面试结果，几轮入学测试的排名都是中上，顺利进入了教育学院。

刚入学那份新鲜

新生入学那年，校园里不让进车，我一边拖着沉重的行李入校园，一边心里觉得这是校园管理不人性化的一面。但一走进北大，我立马感受到浓厚又自由的学术气息，北大没有校规，兼容并包，校园里遍布各式各样的人，新鲜至极。体育场的开学典礼上，全体同学一起唱歌，别上胸针。那时我心潮澎湃，好像给自己一个全新的开始。开学典礼和毕业典礼是很重要的，但没有强迫一定要参加，这挺自由和特别的。每一届学生的胸针颜色不一样，直到毕业都是同一个色系。但下一届就又不一样了。基本安顿好之后，在东莞的原来工作单位还有需要交接的部分，面临学生、家长、校务等收尾工作，也面临着北大校园里各门课的报告和学分的压力，蜡烛两头烧，但工作狂的我却觉得很充实。北大是研究型的大学，很多时候我们会做报告写文章。我认为知识理论和实际应该联系在一起，这几年里，因为在学校里，反而对过去自己熟悉的教育现场开始生疏，需要提醒自己去创造跟学生见面与接触的机会，我开始尝试参与志工活动，如：育幼院、孤儿院等。只要愿意，北大校园里其实有很多接触社会的机会，让我觉得北大学生不是那种单单只会读书的人，校园生活很多元化。

求学是不懈的动力

求学过程中最有印象是导师的课——教育社会学。这门课跟我以前在台湾学的差异很大，老师课堂上提到的东西其他同学都可以随便说出一二，我则是完全云里雾里，听不明白大家在讨论什么，而且每周都要交作业，整个学期很辛苦。后来，导师鼓励我，通过多看与多跟别人讨论，才慢慢进入学习的状态。求学期间我很低调，不希望被同学当成竞争的对手，我在学校教了十年书，到北大继续深造是想交更多同行的朋友。所以我跟这些相对年轻的同学说："我有很多教学现场经验可以分享，你们有扎实的理论框架可以借鉴，我们互补学习吧"。有了这些沟通后，大家的学术互动就变得越来越有意思，我们各取所长奔着让自己更好的共同目标前进，一路走来大家感情很好。在北大校园里学习印象更深刻的就是跨学院的课。"才斋讲堂"系列学术讲座是研究生院为了提高我们的学术素养、激发创新所举办的讲座，偌大的阶梯教室可以容纳 400 人。我第一次感受到这么大的演讲现场，每一次上课请了不同的专家分享他们本领域成功的事情，是很成功的跨领域、跨学科讲座。我与同学会专门挑选物理系、天体、历史、外语院士级别的大师所分享的失败和成功案例，相当于在课堂上喝了很多心灵鸡汤，在讲座当下或结束后都会反思他们的话，让自己人生道路走得更坚定。讲座上还有年纪大的长者，可能是职工、厨房工人或退休的老教师，他们也都会来听课。我目测大概有三五十人，他们很早会来占位子，还会拿小笔记本记录。观察到校园里出现这样的现象，是很特别的经历。

意外收获的情谊

我的年纪略大，与一路读上来的学生在想法上有点差距，偶有台湾人或外国人邀请我参加聚会，但是我参与的频率不高。来北大的第一年，没有去结识太多新朋友，除了学习、学习还是学习。所以，刚到北大时，有种隔阂感略显孤单，最好的伙伴就是各种讲座。因为在北大，学生可以用很便宜的价格去看剧、看电影或欣赏音乐和其他类型的艺术表演。

有一次，我在学校 BBS 上认识一个厨工，他是陕西人，在食堂负责打菜，没有排班的时候，他喜欢去各个学院听课。一开始听他说会去听讲座，我还蛮好奇，北大是学习的圣地，但是一般人大概没想过连食堂的小哥也会尝试来听课，也是一种校园文化。机缘巧合下我认识了他，有时候我们可以谈些不属于学术的话题，在每日紧凑的学习压力下，这样的对话让我觉得很轻松。我会邀请他一起去听才斋讲堂，他感兴趣的公开课就会来听。我回东莞或台湾，也会给他带茶叶或凤梨酥，他也会给我捎来陕西土特产。了解学校里除了学生之外，还有其他的人也喜欢学习，也算是我在北大校园里的意外收获。

生活模式的转变

我觉得自己有两个较大的改变，第一个是性格从好动转变为好静；第二个是不再单纯批判，更重视对批判的反馈。过去我在东莞喜欢大家聚在一起的热闹，现在慢慢喜欢一个人的宁静生活。我在东莞同事多、学生多，加上是国际学校，生活比较西化，都是一群人出去吃饭、唱歌、看电影、蹦迪等动态的聚会。到北京后，我发现自己更善于一个人的生活，刚开始有点孤单，后来很享受从动到静的生活转变。我本职工作就是老师，重批判性思考。读博士后，这种批判与自我批判的敏锐度就更强一些，不同于过去的是我到北大读书后，开始会修饰自己批判性的语言，注意提出意见的时间点，还有对方当下给的反驳和意见是否合理，如此别人能更容易接受我所提的意见和评论。

对两岸关系再认识

有一次期中做报告的时候，我写了一篇关于台湾高等教育的文章。老师提醒我要按照规范使用语言。我心里会觉得，自己的用语并没有政治上的意思，为什么会在学术上有问题呢？后来我知道大陆的确有规范的海峡两岸表述用法，在台湾如果用语错误，可能只是道歉或更正，但是大陆却不同。仔细想想，因为我们在台湾读的历史课本与大陆不一样，虽然到了大陆一段时间，但是没有仔细去想这件事情，毕竟生活里几乎没遇过类似的情况。后来，我常常会认真的请教同学两岸关系这件事情，这或许是我在北大学习的日子里跟别的人不太一样的地方。现在，当年的疑问不存在了，我继续在大陆生活，在这里教书、读书，但对海峡两岸有更深入的体会，对两岸关系也有新的认识。

未来可期，最美北大

北大120年算起来是两个甲子，除了老师与学生之外，还有其他很多重要的人与因素组成，才能成为一流大学。从蔡元培校长开始到现在都是自由兼容并包，北大校园精神不能改变，延续性应保存得更好。读书这几年看到大刀阔斧改造旧校舍，虽然明白是为了改善学生住宿条件，但我内心还是有点舍不得。旧的磨灭掉，新的没有特色，是否还有其他更好方案。我们北大的学术自由一直很好，希望这样的优点继续保持，继续获得很好的资源，造福中国和世界。

（撰稿：李泽林）

物超所值的北大兼读生活

□ 2002 级政府管理学院　刘廷扬

恩师力荐，才让我有了去北大的机缘

1991 年，从美国拿到了我的第一个博士学位后，我回到了台湾在义守大学工商管理系任教。教了 10 年书，突然发现自己原来学的知识储备不够用了，那瞬间便萌生了一个想要继续研读的念想，倘若能够有一个系统化的学习，对我的未来和我的教育工作应该会有帮助的。所以，起初第一个想法便是回到我的母校台湾政治大学进修第二个博士学位。然而，就在我回到母校，与我的本科班导师薄庆玖教授相谈之时，班导师极力建议我考虑到大陆就读。这个念想，一开始我根本就没有想过。北大的谢庆奎教授，曾经在台湾政治大学交换过一年，正好与我的恩师薄教授相互认识熟悉，也因此介绍了谢老师与我认识，这才让我考虑前往北大进修，后来也拜入谢老师门下。现在想来，也是一段机缘吧。

兜兜转转，又回到了最初的专业

读大学期间，我本科的专业是公共行政，后来研究生的时候去美国求学，攻读教育行政专业，到博士的时候转念资讯教育。而在我博士毕业回到台湾教书教了一阵子之后，我觉得原来学的东西就不够用了，因此决定再进修。那时候，一方面是经过深思熟虑，发现我真正最感兴趣的还是在管理领域，一直觉得政府的管理跟企业的管理如果能够相容并蓄的话，对于未来的发展，不管是个人的发展，或者是对台湾的各方面的发展应该都会比较好。最后，兜兜转转绕了一圈，又回到政府管理学院来。北大的政府管理学院其实与最早我本科读的公共行政系很接近。在我们入学之前，北大的政府管理学院才刚刚从政治系升格改制为政府管理学院。另一方面，2002 年到 2006 年，也就是当时我在就读的时候，政府恰好正在推动电子化政府以及企业化政府相关工作。这些其实都是西方的一些概念，但是刚开始在大陆做推动。我便想，与其去念企业管理，不如还是回到政府管理领域来，然后在这些新的西方知识方面可以多学习，多吸收，多做一些努力。因此，算是绕了一圈之后，又回到我原来的专业。

对北大印象深刻的事有太多太多

一提到北大，我就会想到未名湖。未名湖是我对学校印象非常好的一个地方，那时我还没有进入北大读书，但曾经进过北大校园参观，当时来到北大参观的第一个地点就是未名湖畔。进入北大读书之后，我住在勺园。回宿舍路上，总会路过未名湖。有一天，我路过未名湖，就看到湖畔到处都挤满了人，所有人都在背诵各种各样的课程，场面壮观。自那以后，我经常会早起奔至未名湖畔欣赏我们师兄师姐们的晨读奇观。就算是寒冬腊月，依旧有这么一群勤奋的学子一大早在湖边刻苦学习。这么多年过去了，未名湖的风景以及那众人齐读奇观依然历历在目。

北大学子一直都是我们中国最顶尖的学生，大家的求学态度非常积极。未名湖畔边那众人晨读的壮观景象，给予我很多的启发。因为我从小一直在台湾，我们那边学习的方式没有受到这么严格的管理，就是并没有要求你一定要如何如何。在竞争上面，也没有像在北大这么激烈，所以在台湾求学相对来讲，是比较轻松自在的。之后我去美国求学，美国的学习氛围与台湾相比，更是非常地自由自在。所以，对我来说，进入北大之后才算是我第一次真正地认真地投入学习。

不过有一点小遗憾的是，在我去北大学习第二年的时候，恰逢非典这一特殊时期。我那时是兼读生，只有在有课的时候，才需要到学校。非典暴发之时我刚好在台湾，北京城封城，所有人不准进入北京，我们的课程因此被迫中断，以至于我们并没有完成所有的课程。但这属于客观原因，也不能算是学生的问题，所以后来学校还是给了我们成绩。没能学完所有课程一直以来是我觉得有点可惜的地方，但也算是特别深刻的经验吧。

来北大之后感觉不一样

进北大求学之前，我以为会接触到很多马克思列宁主义和毛泽东思想，毕竟所学专业与政治有密切的联系。我本来还有点担心，我们台湾学生从小都没有接触过与马列毛泽东思想等相关的一些理论，如果还要在研究生阶段尤其到博士班的等级来从头开始，估计会有点吃不消。后来惊喜发现学校针对这方面有相关政策，准许台湾学生不用修政治课。这其实对我来讲是一件好事，一切都非常顺利。在我们政府管理的相关课堂上，大家讨论的都是以政治学理论为主，而马列思想和毛泽东思想因为大陆学生的政治课上有教，反而在我们的专业课里面接触得比较少。课上最主要传授的仍然以专业、学术领域为主，这便减少了我们对大陆一些政治氛围的接触机会，与我之前所期待的感觉不一样。

还记得，当年北大进行学院升格改制的过程中，恰好是我在学校学习的那一段时间，不得不说，亲身体会到北大对学科建设、人才培养、师资队伍建设、教学科研等各方各面的发展是非常有规划的。像我当年在北大读书的时候，我们系的学生都需要跑到化学楼等比较旧的楼群来上课，如今政府管理学院那一幢崭新雄伟气派的廖凯原楼在那时候可是还没有的。

两岸虽有差异，却不像在美国的时候感受强烈

算起来，在我进入北大求学时，两岸相隔已经超过了50年。这一隔，在不同的政治体制之下而形成的社会体制，两岸其实有蛮大的差别。早期，大陆是以发展军工和国防工业为主，民生工业的发展相对比较晚一点开始。而台湾与之相反，一早就开始发展民生工业，驱使两岸经济、社会、政治取向截然不同。中国改革开放至今长达40年了，从起初的缓慢发展到如今的高速发展，在多少人的齐心协力之下，不断拉近两岸之间的距离，但是两岸的整个社会氛围，两岸人民对自己的认知都不太一样。我在北大读书的那个时候，也就是十几年前，其实还是生活上的差别比较明显。可我只是有课的时候过来上上课，下了课留下短暂的时间同导师讨论论文，一结束就回到台湾，并没有充足的时间在内地体会生活，所以对我而言两岸差异感受不大。

也或许是因为我曾经有过在两岸及美国的求学经验，在我看来都是不同文化的撞击。可以说两岸虽然同属于中华文化背景，但毕竟在不同体制下相互隔阂超过半个世纪，所形成的社会文化已经大相径庭，难免会产生文化冲击。然而，相比之下，当然还是在美国求学的时候让我感受到文化差异更大，毕竟那是外国，而且属于相当国际化的地方。我在美国就读的学校，当时有来自将近70个不同国家的留学生，担任过美国的中国同学会会长的我，有非常多的机会与国际同学往来，能强烈感受到同学们的文化背景差异。但是在大陆我完全没有这个感觉，尽管两岸隔了很长时间仍旧有一点点小小的文化差异，但毕竟同根同源，没有像我在美国那样令人感受深刻。

北大毕业之后，感觉像镀了金一样

我们都是北大毕业生，我们引以为豪！北大毕业以后，对人生的影响太多了，一方面是对自己的信心获得了进一步的提升，对自己的期望更上一层楼。在就业方面的影响，北大学历自然是锦上添花。但是因为之前我在美国已经拿到了一个博士学位，北大的博士学历对我的教书工作而言没有产生太大的影响。另一方面，反倒是对我们国家的期望以及对未来两岸关系的一些理解令我受益匪浅。我本身在澳门有兼职，担任访问教授十几年了，当许多来自内地的学生知道我是北大毕业的时候，他们对我的感觉以及与我的相处模式，就会跟不知道之前有点不一样，他们会对我特别亲近和尊敬。所以说从北大毕业，也不是傲慢，只是会觉得因此而沾了学校的光，更容易得到很多朋友的肯定和接受。

兼职求学的过程比较艰难，收获却物超所值

当时自己有了家庭，本身也已经在台湾义守大学担任学

生事务长，在企管系也教了10年书，担任过系主任跟研究所的所长，工作不能中途放弃，所以才会选择了用兼读的方式。在这种情况下，北大的兼职读书生活其实是非常辛苦的。

北大求学期间，我刚好在台湾义守大学担任学务长，也就是学生事务处处长，那是学校里面的三长之一，工作非常繁重。学校不是非常鼓励我们已经有学位的人再去进修，进修的时间全部要用自己的假期。况且兼读生与全日制学生相比，其实差距蛮大，基本上我们都没有来得及享受到校园里丰富的资源。我们在校园里修修学分上上课，仅此而已，课程一结束就回到台湾。很多很多北大所蕴藏的人文精神本可以陶冶情操，然而我们却终究还是错过。这个对我们所有兼读生而言，应是一大遗憾。我很羡慕我的一位师兄桂宏诚博士，他卓越不凡，出类拔萃，但他仍然选择了全职来读书。在整个求学过程当中，他所学、所熏陶的远胜于我，令我至今艳羡不已。尽管如此，来北大之后于我而言，收获其实意外颇丰，绝对不虚此行、值回票价，而且还物超所值！

如果再给我一次机会重新选择，我会果断告诉当年的自己，要学会放下一切，全职在北大读书，不要再兼读了。我也希望自己能够多多停下繁忙的脚步，驻足欣赏我们北大的一花一树一草一木，亲炙每一位学术深湛的老师以及认真学习的同学，抽出时间参加北大赫赫有名的百年讲堂等这些丰富多彩的学术活动。能够全职读书是一件幸福的事！能够全心全意地读书的背后，其实有着很多人的默默付出和帮忙，才能让我们有可能暂时放下一切全职读书，所以要更是珍惜，一定要好好地努力！

北大的文化精神

假如让我选择三个形容词来形容北大的文化精神，我会选择敬天爱人、自由学风、追求真理。敬天爱人，这里的"天"指的不是宗教，指的是我们对所处的这个环境里面所遭遇的事情，要有一个敬畏之心。简单来说就是敬畏自然，爱是爱护人民，即敬天爱人。自创校以来，北大以自由学风闻名，这当然也是我们台湾的学子对于北大的深刻印象之一。以中国早期的时代背景来说，讲学自由，多少人都在努力向往与追求，可是要做到真正像北大对不同学派的兼容并蓄的境界，确实不容易。由此，心中更是对北大产生深深景仰之情。

最后，对于北大 120 周年校庆，我希望北大能够继续奋力向前，领导我们中国的学术继续往世界最顶尖的方向前进！

（采访、撰稿：洪玉莲）

最重要的决定改变了自己

□ 2010 级经济学院　吕国豪

那些地方，那些记忆

我更习惯说北京大学校园的别称——燕园，我对燕园每次的记忆都不太一样。2009 年面试，第一次到燕园，当时北大东门地铁站还没开通，我们坐公交车去面试，再到 2010 年去上学的时候，地铁站已经开通了。北大有着古朴的校园环境和现代化的教学设施。不过刚去的时候，燕园的宿舍还没有冷气，我们当时还笑称北大是"工地大学"，因为教学楼、经济学院、静园草坪、新太阳学生中心都在那段时间兴建起来。不过可以切实感受到北大在不断努力，只为学生提供更好的环境。那时毕业时，在静园草坪，在未名湖等地方放置着"I Love PKU"的看板，当时还以为是营销推广的方式，后来才知道其实这是让学生前去合影留念。还记得北大有一年"百团大战"，学校举行盛典铺了红地毯，请知名歌手李宗盛来百年大讲坛办活动。每年都会有创新，每次回去都发觉一些不同，都在变得更好。北大北边算是观光区，未名湖、博雅塔周围没有太多的办公室，我第一次去就觉得校园很大，去教务处走半天路还找不到。于是就下决心，一定要把校园的每个角落都走遍。事实证明，我待了6年，可是到现在，很多办公室、学院位置在哪里，我都还不清楚。

学霸好朋友

第二教学楼是当时第一次上课的地方。阶梯教室里大家都坐得满满当当的，当时就感受到了台湾学生和大陆学生的不同。在台湾我们就觉得上大学解放了，就想着要怎么追女孩、玩社团、唱KTV，然而大陆同学却不是如此。我大约是5分钟前到的，一到那儿，前面的座位无一空席，大家都在认真翻书。我还清楚地记得，坐我旁边的哥们在看一本红宝书（考托福用的单词书），我当时还不知道这是什么。我就问他为什么要看这个，他说："我们以后准备要出国念书。"以前就只知道北大是个学术殿堂，可当第一次走进这个教室，我才真实地感受到了学术氛围，很震撼，后来也就慢慢习惯了。每次去二教，大家时不时要去自习，大家会问要不要帮你在前排占座，同学间学习氛围都非常好。那时候有门课叫中国历史地理，两三百个人的大课，老师很有才。当时，我有个很好的朋友，他在北大念博士，浙江省理科前五名考到北大，简直是学霸型的人物。刚开始上课的时候我也会做一些笔记，后来发现他的笔记做得比我好，我就说"以后笔记就靠你了，我就不做了"。我会给他买豆浆，蹭他的笔记。在当学期期末的时候，我才惊讶地发现他竟然没有选这门课。他根本不需要考试，他只是为了我们的友谊，在无条件帮我做笔记，他本身来上课只是为了求知识，然而我缺的课却比他还多。我们是不同学院的，所以没有那么明显的竞争关系。可他的实力明显比我强太多，我不构成他的竞争威胁。我记得当时有门课叫高等数学，我在台湾的时候数学还有点小自信，认为是比较有竞争优势的一门课。可是到大陆后，我发现完全没有竞争优势，他们全是玩奥林匹克数学竞赛出来的。而我就算反复做题也才会考到七八十分。我的一个室友，每天熬夜玩手办，看动漫，白天睡觉，偶尔去上课，都能考到 90 多分。那个时候，在北大的台湾人很少，大陆同学会比较愿意照顾台湾同学。

良师好典范

记得当时注册要收学生证，需要班长收齐了去教务处盖章。大家都有很多事情，其他班长我都没有怎么在意，但我们班长特别负责，后来其他系的同学都会把学生证拿给我们班长去盖章，那时才发现这个学系特别注重跟学生的互动。学院的郑伟老师温文儒雅，不疾不徐，学术功底深厚，做事严谨。我记得非常清楚，他在上保险学原理这门课时，要求学生分组，每一组交一篇论文，字数要求大致 1—2 万，多的可以是 5—6 万字。当时我们一个班 41 个学生，所以有 14 篇论文。但其实老师平时是很繁忙的，他在外面公司当独立董事，也在很多保险组织里面当顾问，本身又接行政职务是系主任，外加有两门课。可他每篇论文都会仔细看过，错别字都会标示出来，这让我感到非常敬佩。我对待自己的文章都没办法这么细致地去看。我们这一组做的报告是关于台湾的健保研究，我们做完之后，老师跟我们就讲，他对那篇文章有所怀疑，很多用语都不是大陆的习惯用语，以为我们抄袭了台湾的文章，且没有标示引用。后来通过解释，老师知道了我们这组有一个来自台湾的同学，而那一部分恰巧是台湾的同学撰写的，就很用心地愿意跟我们交流细节。要知道作为一名系主任，能这样全面照顾到学生的真的很少。这也就是为何我会选择并确定下来要修读这门专业的原因。

社团好热闹

两岸文化交流协会是我在北大生活的一部分。当时的社长是一位很热心、很有能力的学长，他在校期间把台湾学生都凝聚起来，光华管理学院硕士毕业时，他拿到优秀毕业生的荣誉，听说可能是建院第一位台生获此殊荣。社团原本是台湾同乡会的性质，后来拉了很多大陆学生进来，这个社团办得很不错，真正的促进了两岸的交流，包括我的学霸朋友也加入了，他跟我说原来台湾文化这么有意思，我们的友谊能延续到现在，我觉得也是因为有这个社团建立起大家在北大日子的共同记忆。我加入这个社团后付出很多心血，跟学校的港澳台办公室的老师也有了较深的认识，这是融入大陆文化不可或缺的一部分。有一部分台湾同学不适应，很大部分都是因为不能融入大陆的生活，他们有优越感，不太愿意接受大陆的很多方式，其中一点是成绩比不过大陆的学生，就会很想回到原来的小圈子。可在当加入这个协会之后，有了归属感，跟老师认识后，知道了大陆的情况，认识台联、台盟、台办等服务台湾的机构，就可以了解原来两岸的关系是这样子的，大陆怎么看台湾的，同时可以从双方的角度去理解很多事情。2016年1月，校港澳台办的老师推荐我以北大台生代表到上海参加全国政协主席俞正声所主持的座谈会，我们把遇到的困难讲出来，比如：台胞证只有8码，到火车站取票、使用支付宝、到银行等诸多情况都没法使用。现在这些都实现了，台胞也可以申请居住证了，同等待遇的政策落实力度很大。我觉得加入这个社团不但可以参加这些难得的活动，也算是参与两岸关系的历史进程。

因为北大，我看的世界变得更加广阔。

再次回想当时自己为何会选择来北大修读，从客观上来讲，可以说是运气好。2010年第一年开放台湾高中毕业生可凭学测成绩申请入读大陆高校，最后我就被录取了。我们从小课本上都会写北大，清华反而很少讲，对北大有历史情感，觉得应该来华人最好的学府念书。当时也算叛逆，想着如果去台大念书，还要住家里，所以更想要出来。现在看来，人生的转折点是对的。除了学历之外，来北大最实际的是可以跟优秀的人相处，自己的思维方式会潜移默化受到影响，自我要求也会更加严格。北大的思想和平台，让我可以看到更多东西。北大是我人生的一个转折点，它给予我很多，不单单是学业的变化。毕业后，我要回台湾工作也可以，但要留在大陆也没有问题，因为大家都认同北大的经历和背景。生活上，我认识了很多不一样的朋友，他们会跟我分享很多不一样的事。在北大读书期间也走过大陆美丽河山，以前书上讲：蜀道难，难于上青天。其实看书是没有感受，只有真正到了才会明白。我身处重庆才知道那里没有人骑自行车，因为建筑物都是依山而建。感同身受会震撼，这才跟课本连接上，世界观会因此变得不一样。如果在台湾读书的话，工作选择可能就没有那么多，生活不会看到这么多东西，体验就会少很多。

文字道不出心中感激

当时选择来北大是人生中目前为止最重要的决定，自己真的改变了很多。离开校园才觉然北大资源那么好，留下了不少遗憾，很珍惜跟同学交流的机会、跟老师学习的机会还有学校给我们的资源。同时在此送八个字给校友——"以梦为马，莫负韶光"。更希望未来的学弟学妹不要忘记最初的梦想，不要浪费时间。

（撰稿：白玛央珍）

珍惜那段与北大的时光

□ 1998 级政治与行政管理系　邱志淳

　　一般对于北大的记忆，就是耳熟能详的"一塔湖图"，也就是博雅水"塔"、与和珅有关的未名"湖"，以及"图"书馆，此外，我的记忆应该就是大家常常在一起聚会的"韶园"，还有每次要与学校打交道必去的"红楼"。当然，还有当时常去的位在南门口的"国林风"书店，不知是否还在营业？另外就是在海淀图书大厦的"风入松"书店。（该大厦早已重新规划改建，风貌也已改变！而今徒留当时记忆……）

　　记得 1998 年初到北大，当时流行王菲与那英演唱的《相约98》，那年我接受台湾公务人员保障暨培训委员会委托前往北京搜集公务员培训相关资料，访问了当时北大政治与行政管理系（现更名为政府管理学院）谢庆奎教授；当时就在谢教授的鼓励与带领之下，顺利于当年考进了北大政治与行政管理系博士点。当时谢教授告知学院招收博士生有指标限制，因此他原本要我次年再行报考，后来经他仔细询问，方知境外生不占指标，在他大力坚持与协助之下，我才能顺利于 1998 年入学。

由于班上许多同学是带职来攻读学位的，班上有司局长、有将军，也有韩国的国会议长、记者，还有在各省市人事部门任职者……真是群贤毕至！因此课堂上简直就是华山论剑！当时我们的班代是顾平安，任职在国家行政学院，他是一个非常热心的人，到了今天同学聚会还得靠他联系。记得当时四环还在兴建，整个北京到了冬天还烧着煤球，却没有雾霾！还记得那是 1998 年的冬天，我生平第一次见到下雪便是一场大雪，这对台湾来的同学来说是格外欣喜的！那天晚上谢老师邀我到他在燕北园的住家晚宴，一来是搭不到出租车，二来是路不熟，加上手中没带电话，因此原本 20 分钟车程，寻寻觅觅花了 2 小时才抵达，只听师母说谢老师担心菜凉了，要他去热热菜，这一来一往不下三四次！等到我到了，谢老师的心放下了，我也安心喝了 3 两茅台酒！此情此景真令人难以忘怀！尔后谢老师对我的生活及学业的关照更是无为不至，此等情义真让我感动至今！

由于当时两岸尚未直航，我必须从香港或澳门转机，每次都是不到七点从台北出门，下午四点多到北京机场，万万没想到今天直航的便利！但也因如此，我特别珍惜这段时光，三年来我平均一个半个月到北大2次，加起来就是一年16次，三年就是48次；这对一位自费兼读的学生而言，应该是个创举！也因如此，当时院里的贾老师还以为我是全日制学生，哈……不过，当时我并没住在学校，而是在畅春园饭店（现已改为宿舍），晚间则到西门对面的中意餐厅与好月亮酒吧与朋友小聚……

由于我决定到北大求学是偶然中的偶然，当时我在台湾世新大学担任讲师，因此我不是脱产，没有其他人有毕业之后就业的压力！也因如此，到北大就读原本是单纯一念，学习过程也相对自在，更无是否承认学历之顾忌！基于这个看法，我也鼓励每位准备前往北大攻读的台湾学生都应详加盘算，但不该太功利化，这样比较宽心自在！

我认为北大的思想是自由、包容的，精神是坚定、独立的。北大代理校长山东傅斯年略以"上穷碧落下黄泉，动手动脚找东西"或可代表北大求知及实践的精神，而他所说的

"铁肩担道义，辣手著文章"则可象征北大人的担当！

1998 年入学的我，已届不惑之年，而今迈向耳顺！虽未视茫茫、发苍苍，然岁月催老！以然时有"青山不老，为雪白头；绿水无忧，因风绉面"之喟叹！倘若时光倒流，我必然会更加珍惜那段与北大的倾城时光！

北大二甲子，是两个人生蜕变！它笑看骚人墨客，冷对政坛起落！它就像一个矗立在历史洪流中的巨人一般屹立不倒、与时俱进！它见证了"历史整不了容，文化换不了心，地理搬不了家，民族改不了种"的华夏文明与传承！期待下一个二甲子的北大有着"一朝风月"的清明与"舍我其谁"的担当！

（撰稿：丁莉）

求学北大是从病床醒来最想做的事

□ 2013 级新闻与传播学院　唐圣瀚

我叫唐圣瀚，是一名设计师，我在北大攻读了我的博士学位，实现了我的梦想，接下来是我与北大的故事。

求学契机

2003 年是我第一次到北大，这次经历也成为我十年后求学北大的契机。当时我是台湾的广告参访团的一员，受北大的邀请去北大做一个广告论坛的论文发表，第一次造访北大是从西门进去的。西门是很古典的大门，还有一个写着北京大学的牌匾。从那个门进去后，全都是古典园林，穿过了未名湖之后才会到百年讲堂。我心里就想北大不愧是最高学府，这么漂亮的学校我从来没有见过，当时心里就闪过一个念头：能在这里念书的人实在是太幸福了。但是也只是一个念头而已，没有细想。论文发表在百年讲堂举行，在这个充满了意义的百年讲堂发表时的心情是还蛮激动的，能有机会到大陆的最高学府来发表，感觉真是非常的荣幸。七八年后，大概在 2011 年的时候，我在某个会议中突然无预警的晕倒，因为我从事多年广告设计行业太辛苦，我自己身体坏了也不知道。那时候一度还蛮危险的，当时医生跟我说：这是血栓造成的问题，有些人在壮年来一下就走了，老天爷给你第二次机会，你要想一下有哪些想做还没做的。这个话医生说得轻松，但对我的冲击还不小，我前后思考了几个月终于想通了，以前把所有的精力投在工作中，人生是不完整的，接下来我要做一些想做却还没做的事，于是我列出一张单子，上面有我想做还没做的，还有什么是我不想做的，不想做的我就一个一个把它们排除掉不做。然后想做的我列出来后，一个一个照着做。求学北大就列在我想做的事那张清单的最上方。

北国生活

我第一年申请北大的时候没有通过，直到第二年申请才通过，所以我是 2013 年入学的。我第一天到北大报到就迷路了。学校发的注册指南上虽然写着注册顺序和需要去的楼的名称，这些楼都有名字，但是这些楼对于新生而言都很陌生。譬如我后来经常在那里上课的二教，离我报到的地方都很近，但是它的标牌很小，竖在地上，所以对于刚去的我，怎么都找不到。我在北大东门书报摊上买了一张校园地图，在刚入学的那一年，这张地图一直都在我的书包里，走到哪里都要带着它才行。在北大学习的那几年发生了蛮多有趣的事，和我同届的博士生几乎都是应届硕士毕业考上来的，年龄相对就小我很多，关于岁数，我当时听最多的话就是："你跟我爸一样大"或是"你跟我妈一样大"。等到2018年我拿到博士学位后，再与新进来的师弟、妹们聊到年龄时，听到的是："你比我爸还大"或"你比我妈还大"。大陆对于学习这件事的认知好像就是该在某个年龄做这件事，超过的话就很奇怪，在台湾校园中什么年龄都有，中老年人再回到校园进修的所在多有，我在台湾师范大学设计研究所开课时就教到了自己的大学同学，不是什么罕见的现象，但是在大陆的大学中年纪大的学生相对就少很多，我每次被介绍给新同学认识时都会引起年龄话题，常让我不好意思，感觉像老秀才进京赶考。

农园是我最常去的食堂，它有三层楼，可以容纳上千人。一到饭点的时候整个食堂都是人，坐下来吃饭时稍微抬手都能碰到隔壁的人，而且你根本听不到坐在你对面的同学在说什么，因为人太多实在太吵了。我觉得农园是一个很"生猛"的食堂，不断有人进进出出，里面永远都是满满的人，在来北大之前，我从没看过这么多人在同一个地方吃饭。还有燕南食堂令我印象深刻，中午吃饭时间人满为患，很多人都站着吃，我还看过北大的老师也一起站着吃，比日本的立食还厉害，起码立食还有桌子。在北大的课余时间我喜欢去尝试各种北京小吃。传说中的炒肝、卤煮、豆汁还有驴打滚、豌豆黄、芸豆糕等等，我都一一去试过，因为台北早期有个京兆尹餐厅，就是以北京宫廷点心为主，在还没到北京的岁月中，我已经在台湾喜欢上北京的小吃了。探寻好吃的北京烤鸭是我的一个私房兴趣，我在北京找了很久，吃过各式各样的烤鸭。无论是胡同里的利群烤鸭还是很有名的全聚德、便宜坊我都去过。试到最后我觉得大董最好，我当时听到大董这个名字时我是把它排到很后面的，因为这个名字听起来有点土豪的感觉，我想土豪做的怎么会好吃呢。直到我把其他的店都尝遍了才去大董，结果发现大董的烤鸭很好吃，其他的菜色也很细致，算是名称上造成的小误解。在北京吃的也有一些不习惯的地方，譬如说油的问题。在台湾生活时，我的饮食习惯是少油、少盐，尽量吃食物的原味，北京饭馆的菜较多是大火快炒，油和盐比较重，我们外来的人就不太适应。气候对于来自宝岛台湾的人来说，北京的冬天实在是太冷了，有点吃不消。而且冬天天黑得早，所以吃饭也早，大约五点半就吃完饭了，而台湾六七点才吃饭。直到住了三四年之后发现，北京冬天没吃点油加些热量还真是撑不过去，我的医生朋友说干燥的地方要吃些盐才能保住身体里的水分，所以这些不习惯其实都是地区不同的特色，深入了解之后就会知道真实原因。

良师益友

我的导师叫陈刚，我第一次到北大参加的广告论坛就是他主办的。我最佩服他的一点就是：无论做什么事情，他都尽全力做到超出自己的极限。譬如说我们学院搬家，全过程他都亲自参与，也把我抓着一起去设计新学院大楼的内部装修。学院里还有很多其他的行政老师和教授，其实每个人分摊一点也不会这么辛苦。但他亲自规划每个地方要做什么用，小到灯具的款式，桌椅的摆放位置，演讲厅的布置这种细节，他都会参与。我后来发现这是他的情怀所在，因为他的本科、研究生、博士学位都是在北大念的，对北大的情感联结非常深。我的博导天天都待在学院的工地，所以他跟装修工人都很熟，休息时间他还会请工人们吃饭，然后就连工头家在哪里，几个小孩，他都一清二楚，一点都不会摆出北大教授的架子。学院装修完成大概半年后，装修的工头出车祸去世了，我的导师还伤心了很长一段时间。我的导师他是个很特别的人，他不会直接表达他对你的关心，而是默默地帮助你。在北大第四年的时候，我的母亲在台湾因为癌症过世了，癌末前半年我都在她的病床旁边陪着，还一边写着论文。后来我母亲离开百日的时候，刚好我要到学校预答辩，没有办法赶回台湾做法事。那时候正好临近清明节，我的导师有一天早上突然打给我说，他要出去走走，问我要不要一起去？我说好啊。见了面之后，老师委托师母带我去了八大处，里面的寺庙有清明的法事，师母带我去可以给过世亲属念经的地方，其实他并不是自己要去寺庙，而是知道我家里的事，在此之前他没有跟我问过，也没有事先告诉我，但这份情谊我会永远记在心里。在上学期的时候，我们有个广告系的大三的学生因为社交恐惧，适应不了越来越多的小组讨论和别人的不认同，办理了休学。我的导师虽然让他休学了但是没有让他回家，而是一直把他带在身边，无论是吃饭还是工作。慢慢地这个孩子开始适应，也主动跟别人说话了。我的导师在放假的时候会去看望北大很多退休的老教授，如果他们生病了，他还会送他们去医院，并且也会常常去医院陪他们，我的导师学校的行政事务和教学上的工作已经很繁重，课余的时间还要关照这么多人，真的不是一般常人做得到的，我是由衷地敬佩他。

受学授学

我毕业后的第一份工作，是在北大兼课，教的是广告策划。因为之前也在台湾教了10年的书，所以我发现北大学生和台湾学生差别还是蛮大的。台湾的学生在跳跃式思考的方面，是比较擅长的，他可以接受不合逻辑，完全没有相关的答案他们可以想得出来。但是北大学生的话，非常擅长于写标准答案。当问他课本里面的，甚至是教科书里没有的，但外面查得到的，他们都可以立刻回答出来，但碰到一个没有标准答案的问题时，比如说什么是创意，北大学生就会沉默下来。所以在后来的教学中，我都采用工作坊（workshop）的方式。对于我来说最重要的事情就是让他们跳出框架，所以上课时我会在教室里走来走去或者跟他们坐在一起。讲台上不是只有我一个人，学生也会经常上台展示自己的创意，在我的课上，学生才是主角。还有一个差异就是北大学生的执行力和主动性很强，开学前布置的参考书目他们都会看完，还会根据其中的内容向我提问，但是台湾学生几乎没有人看。所以有些人会说北大的学生会挑战老师，北大的学生很会问问题这一类的，这是真的。如果我上课都按照书讲，就会被挑战，他们就会觉得如果我看书就能学会，我何必要听你讲呢？

我没有办法给台湾学生提出建议说到底是来北大更好？还是去其他地方更好？但是，如果台湾学生来北大，他们最应该学会的是主动地、积极地去学习。因为在台湾上大学太容易，所以台湾学生会觉得这是理所当然的事，而大陆学生都是努力过才获得了上大学的机会，所以他们懂得珍惜。当台湾学生来北大时，会发现他的同学学习态度都很积极，他更能从中获得向上的动力。

看到越来越多的台湾学生来北大求学，我也想起了当年的自己。如果要对当年的自己说一句话，我会说：尽快去做想做却还没做的事，尽力帮助身边的每一个人，自己过一个无悔的人生。

正值北大 120 周年之际，祝福我的母校：继续保持她跟别人不一样的地方，再过五六个 120 年。

这本书里我与北大的故事在这里结束了，现实里我与北大的故事还在继续……

（采访、撰稿：唐靖婷）

北大的缘起及回眸

□ 1999 级经济学院　王卫平

缘起

1999 年，我 39 岁，来到北大攻读经济学硕士学位。

说起来北大上学的原因，原以为机缘巧合，实则是命中注定。1999 年，我爸爸偶然看到台湾的《联合报》做了整版关于开放与承认大陆学历政策的报道，就问我要不要去北京大学试试看。我当时的工作遇到了瓶颈，很长一段时间都与知识产权的诉讼纠缠不清，诉讼的复杂性不是几条法律条文就让黑与白彰显出来，或许我的父亲看到我在工作上的疲劳与困顿，适时的新闻信息触发了爸爸潜藏心中的灵机，突然拿着报纸示意我不妨去北大进修学习，走出去透透气，补充能量。

我当时的第一反应是："那怎么可能！那是北京大学啊！"但是爸爸越说越起劲，很认真地鼓励我去试一下。1995年，我第一次进入大陆陪爸爸一起回福建的龙岩和福清的乡下祭拜爷爷和祖先，顺道去了珠海、广州探望表妹，那时候对大陆的印象是——"黑漆漆"。隔了4年，我又要去北京，虽然不知道那里的情况怎么样，但好像没有什么怕或不怕，更多是好奇心驱使我去看一看，当然也让我回想起上高中时的数学老师——巫英舜，一个我既畏惧又由衷感激及敬佩的高中三年的导师，那是我第一次接触"北大"的这个名词，因为巫老师总是在课上会讲她在师范大学的老师，许多（还是一位，我没弄明白）来自北大的教授如何严谨的要求他们学习、思考问题、传授知识等等。所以一篇在当时《联合报》全版大篇幅报道开放两岸学术交流及学历承认等相关新闻，突然触动距离我的高中都已经20多年前的一个潜藏在心中令人好奇的一所大学——北大的求学梦，我担心浪费金钱和时间去报名又可能面临不被录取的挫败，很想逃避不理会爸爸的不断劝说和鼓励。但是终究还是想老爸说得对，不就挑战一下，成功了放自己几年的长假舒缓一下当前的瓶颈。因此，内心潜藏的某种因子驱动自己在离开大学已经 15 年之久后勇敢地跑去香港报了港澳台联招的研究生考试。我因为本科念的专业是电机系，毕业后接触的是商业而未在基础科学继续深入本科的训练，虽然我很想有机会再继续科学研究，但历经 15 年的职场工作，兴趣已经无法一如初心地去实践，但是在经济学的专业，特别是两岸的互动与世界经济的联系等方面一直是我关注的重点，因此，特别选择了北大的经济学院以强化弥补自己在经济理论基础上的缺失①，并借由前往北京直接接触及认识自小教育深植的大中国思想。②

记得面临考试时又开始想退缩了，因为考什么，怎么准备都不知从何寻求帮助。因此，从我尘封已久的书柜中企图寻找相关的教材进行准备。其中一门专业是微积分，还好从初中以来的训练，包括本科的专业，尽管已经 15 年后，仍然可以轻松以待，尽管本科微积分的教材已经泛黄，但准备上没有什么困难；倒是另两门专业科目的考试——经济学及

① 进了北大摸索了一年，才知道关于经济学的课程除了经济学院，还有光华管理学院以及中国经济研究中心亦即现在的国家发展研究中心，都开了相同的课程。所以在北大的期间都会在这三个学院旁听一系列的课程及各种讲座。

② 80 年代台湾的电视有一段时间播放了一个美国的电视剧"根"，记忆中这是一出描述美国非裔回到非洲寻找自己的祖先事迹，寻找自己的根的故事，当时两岸正往开放道路前进，这个故事也触动了一堆老兵很想回家探亲的心，还有很多来自大陆的家庭，几代人都想亲临自己祖先的土地，了解个体的来与去。

国际贸易理论，令我困惑不知如何准备，从何下手。还好，我还是很好学的，在决定去北大前的四年是利用晚上到政治大学新开设的商学院研究所学分班（也就是 EMBA 的前身）上了一些企业管理的课程，再者，实践了十多年的国际贸易事务，应该对考试可以应付自如，但是国际贸易理论还真没接触过，当时也慌了，什么是国际贸易理论？因为当时考试信息取得困难，完全不知道大陆的教材是什么，还好家里有老爸以前读空中大学时选修这两门课的教材，特别感谢老爸那本当时布满尘埃的国际贸易理论教材，我在考前拼了命地拜读，非常幸运地通过了这门国际贸易理论的考试，顺利进入了北大从而展开了人生中另一段意外的接触与实践。

突变

2002 年从北大取得了经济学硕士学位返台后，旋即人生迎来了一次重大转变——我生了一场大病——第三期恶性肿瘤。

北大毕业回到台北没多久，大概 7 月底就发现自己的健康应该出了状况，只要参加一场会议回家后立马发烧，不舒服的情况愈发地严重，左思右想应该去看医生了解究竟发生了什么事，那是我生平第一次使用健保卡，之后就不断地用上它了①。不到一个月，在几间大型教学医院做了一些检查，结果确认是晚期肿瘤。②说起得病的原因，应该是长期工作压力及一些不良饮食习惯和种种原因累积所触发的，医师解释说不会是单一的一种原因，也不会是短期发生，通常至少都有十年以上积是成非，突然一种外在因素触动沉睡的肿瘤细胞苏醒而异常地快速分裂长大。是的，上北大之前，因为长期工作压力及知识产权的诉讼的纠缠所积累的压力应该是其中的重要因素。尽管上了北大，但是当时几件诉讼尚未完结，因此，只要收到法院的传票，我必须立刻回台湾处理。当时澳门航空的机票很贵，一张短期的机票往返北京台北中转澳门约 7000 元人民币，但是我还是很愿意花钱往来北京和台北解决一些工作上遗留未决之事，因为我真的很喜欢北大，我不想放弃好不容易取得的入学机会，特别是刚入学的第一年，我几乎都在学业及诉讼两头忙中往返台北和北京，同时忍受着巨大金钱支出的成本压力，并面对工作 15 年后重返校园接受知识及学习适应的重大压力，尤其是简繁两种

---

① 以前总是身体不舒服或是发烧、拉肚子、脊椎疼等就是休息、喝大量的维 C 果汁，没有一次不会复原的，根本无需就诊浪费医疗资源。

② 肿瘤一般分成四期，晚期就是第三期，一般说的末期就是第四期。

字体的转换学习，以及许多两岸生活用语和学术专有名词的差异，非常感谢期间父母及弟弟和妹妹的支持，无论是物质上或是精神上，我才得以暂时放弃工作离开家园重返校园，一圆人生中的缺憾。然而频繁的诉讼让人心力交瘁，坚持在北大完成学业，认识、接触、了解大陆是我的梦想，最终依然未能逃过巨大压力带来的这一场重大疾病，"它"给了自己另一种重生的机会，重新调整步伐，放慢人生，轻嗅周遭，重新探索、认识生命的意义。

这场病的治疗期比较长，手术、化疗及放射线治疗整整花了近 9 个月，从突然的晴天霹雳，到坦然面对，接受它，与"癌"和平共存，在面对死亡挑战之际展开了另一种不同的人生转折。治疗期间念念不忘的是能够再次回到北大，再回到熟悉的教室听许多尚未完成很想继续的课程和研究，当然还有北大的校园种种，包括：百年讲堂的音乐会、经济学院和光华管理学院诸多老师的课程，还有当时中国经济研究中心许多的讲座等等，这些心心念念的期盼，形成一股莫大的良方驱动自己一定要认真接受治疗，认真扮演好病人的角色。曾经我不经意的暗示母亲，"如果没有明天，希望可以一部分的魂归于养病期间住家对面的南港公园，另一部分的灵魂希望可以回返北大，继续漫游校园，穿梭教室讲堂，沉浸其间。我不希望自己睡在一个小小的盒子里，我向往奔放无拘自在生活，希望死后从简，一切回归自然回归大地。我知道这样会让母亲和父亲忧虑和伤心，但是我总不想让自己不知道没有明天的归处。因此，治疗期间诸多忧虑，什么奇门遁甲的想法一一浮现。还好这场病——癌症，它让我有更多的时间从容计划面对不可知的未来，让我有更多的时间跟家人紧密生活，感受更多家人的爱与包容，让我彻底了解什么是死亡，死亡将会是什么样的过程。9个月的学习，一种参悟，每天都会到南港公园散步其中，也让自己犹如回到北大，公园里的种种，湖水山色、花花草草、虫鸣鸟叫，湖中悠游的黑白鸭鸭还是天鹅，或是凌空飞来飞去的夜鹭或是白鹭鸶，矗立湖旁眺望远山，眺望不远的101，这是一门人生课程，但不是学校教育教室里老师会传授给你的。

化疗的大部分的时间待在屋里隔着玻璃望向外面的世界，羡慕那些可以健康走路的人，喜欢窗外的蓝天和艳阳，迷茫自己是否会有机会再次健康地走路享受沿路风景；当我不舒服的时候最喜欢播放像《四季》《巨人》《新世界》这一类的古典音乐，然后进入冥想——比如说当时作曲家为什么会写出这样的歌曲？歌曲背后的故事是什么？当时的时代背景为何让作曲家可以写出如此磅礴荡气回肠的大作。说起喜欢听音乐，实则来自北大的熏陶。在北大读书的时候，记得去中国经济研究中心听陈平老师的课，他一直推荐"猫"剧，从该剧中的各种角色来与经济中的各种形形色色对应及批判，这是我第一次接触到原来戏剧里面有这么复杂的概念和有趣的穿针引线。此外，读书时每天晚上没参与什么社团活动，不喜欢看电视、哈拉，我就会尽可能地去百年讲堂听音乐会。以前在台湾的时候，工作太忙，从来没参加过音乐会，但是到北大之后，忽然有很多时间，我非常珍惜这个机会，只要待在学校，百年讲堂无论是爵士、管弦乐、四重奏，抑或歌剧、芭蕾舞剧还是越剧、昆曲等等的节目，我都会去聆听和欣赏，碍于学生没有什么收入，生活可以拮据，但是心灵不可以不浇灌养分，所以我选择当时最低票价10元、20元享受北大百年讲堂美好的音乐享宴以释放学习上的紧张情绪。

生活

生活永远建立在痛苦之上，痛苦就是痛苦，它本身无法提供意义，但从它背后折射出来的人生经验，上升到理性的哲学的高度，终究会是人生前进的踏脚石。生病治疗期间有很多很多的事交杂浮现，特别是 2000 年在北大上学时候的印象不断在脑海里一遍遍的闪烁——我去过的每一个教室，听过的每一堂课，认识的每一个人，走过的道路，哪怕是羊肠小径等等。因此，在台北接受完完整治疗后，2005 年我再度重返北大，回返师门继续博士生的课程。在北大求学的几年里，我踏遍了北大每一个角落，每天一早，天还未明亮我已经沉醉在未名湖畔，在湖心岛打太极拳了，我又可以健康地走在未名湖畔，日复一日，春夏秋冬，岁月不一，各有其面貌，令人遐想；白天则流连在课室间听课，听讲座，晚上最大的心灵鸡汤非百年讲堂的音乐会莫属；一些时间花在学习和研究上，一段充实饱满的北大人生记忆。当我取得博士学位确定从北京回返台湾时，我担心灵魂会留在北京忘了回家的路，特别找了一天在北大的每一个角落寻找那一直流连不想回台湾的灵魂，轻声召唤一起回到宝岛台湾。

为什么我对北大如此钟情？

在校期间教授的要求又严又高，但踏踏实实的学到了许多的知识点和产生了许多思想火花的激荡。北大种种有数不完的怀念和记忆，有感谢不完的师恩和同学的协助。我特别喜欢上光华管理学院靳云汇老师的计量经济学和龚六堂老师教授的宏观经济学，还有一些中国经济研究中心老师开设的课程我也都尽可能前去聆听，或许与我的本科专业有关，这些老师的数学语言比较多，我觉得更加亲切地容易了解经济学的奥秘。北大有让我怀念的许多学术讲座的活动，2005年再度回到北大，参加了中国经济研究中心擘画的一系列"站在巨人的肩膀上"的经济学类讲座，讲座邀请了很多获得诺贝尔经济学奖的大师演讲，从中亲身见识大师的和蔼可亲及丰富演说，这些讲座让我获益匪浅。北大有让我怀念的书卷气息，北大图书馆是我非常喜欢去的地方，图书馆里的氛围非常好，虽然我不是很喜欢读书，但是我经常去图书馆查阅资料，特别是丰富的电子数据让我的研究更加可以与世界接轨，通向世界的顶尖学府及其数据库。北大有让我怀念的开车师傅，在香港考试的时候认识了一位台生——方丽苹，我们后来毕业回到台湾，不久竟然成为了邻居，在北大期间她帮了我许多，即便在台湾我有许多难解的法律事项也都是求助于她。她介绍了一位北大校园开车的师傅给我，当我从台湾清晨出发，在澳门转机，首次踏上北京首都机场已经是晚上八九点了。师傅开着桑塔纳的车把我从首都机场接送到北大勺园办理报到，那晚师傅一路沿着黑漆漆的道路前进，我们从东门进北大，那时看到东门外许多驴拉车的小摊贩，当时内心想：哦！北京竟然是这个样子。开始担心自己是否能够适应小驴子的农业生活。几天后，才知道原来当天他没有走高速公路，没有走三环、四环等大道，实则为了节约路费及油钱走的都是当时的乡村小路，尤其是摸黑的情形下，首次只身前往北京，那一晚一路上真的是提心吊胆忐忑不安，惊吓连连，直到看到北大勺园宾馆。

北大有让我怀念的有趣的经历。刚到北大那天，应该要到勺园4号楼报到，结果宿舍管理员没有安排好，以致无法适时地安排入住，那一晚差点儿变成流浪儿，举目无亲，不知如何是好，幸好，那一位在香港认识的台生方丽苹已经提前几天办理好入住，当晚得知我无处可去马上将她的房间空出让我暂住，理由是她们一群人要到另一位台生的北京家里欢度周末，那位北京家的台生刚当选金门地区的民意代表，那是永难忘怀的一晚，一个人独自前往北京，一个人生地不熟又是梦寐以求的北大，不知所措之际，感谢丽苹和成珍的急援。后来我的家人也来了北大，全家在北大的勺园宾馆住了一个星期，他们回台湾的时候我很舍不得，除了家人的感情外，另外一个原因是我不能再住宾馆了，我必须搬回勺园4号楼的学生宿舍，一切都很顺利最后终于搬进了勺园4号楼，每天的清晨就是从这里出发，一路散步游荡未名湖畔，再折返回到勺园的餐厅享受吃到饱的自助式早餐，听着我最喜欢的音乐——原野森林的CD（餐厅的音乐CD），直到如今我还会播放着这张CD的音乐MP3回忆着过往的北大点滴。

120周年校庆，在北大的日子里，满满的美好回忆。只有经历了生活的苦涩才会明白一杯白水蕴含着多少人生况味。当年39岁上北大本身就是一次常人难以完成的抉择，克服病魔并回到北大更是有许多艰难。我在人生最该厚积薄发的年岁选择了北大，这是我的幸运。

（撰稿：刘雨瑞）

十年前，奔赴梦想

□ 2009 级考古文博专业　王怡苹

近十年过去了，当再次提起北大的日子，我依然记忆犹新。

2006 年于台湾逢甲大学历史与文物管理研究所毕业之际，恩师刘良佑先生鼓励我放下现有，考虑读博，刘老师的鼓励促使我下定决心离开熟悉的故里，鼓起勇气到北大攻读考古系的博士。考完试的当天，我在校园里看到了好多喜鹊，心里觉得连喜鹊都送来了祝福，放榜后幸运录取，自此开启了我在北大三年的人生旅程。

大龄女博士是问题吗

读博士的第一年，某种程度上来说很是辛苦。在此之前，我从没想到自己的年龄会是个问题。台湾因为社会结构变化，鼓励多元学习和多元受教育，所以无论年龄多大，只要愿意，都可以再重新背起书包，走进教室，接受正规的教育。有部分台湾人的学位取得是断断续续的，无论是休学、退学、重考等，同学里出现退伍后重返校园、就业后重拾课本、生娃后再走入课堂、半工半读等各种情况都算普遍。但是，大陆高校里的学生较多是一路拼上来的同学，大家从高中、本科、硕士到博士的各阶段教育多是一气呵成。校园里那些年龄较大、半路闯进来的学生，较多是已经具有社会经济地位，感觉像是"补"个学历以符合现在的身份。我偏偏是零社经地位的大龄女学生。另外一个具有挑战的是我的本科与硕士专业都不是考古，在台湾也比较常见，而大陆这边相对更讲究出身专业，如果以前都不是念考古，而博士跨专业选择了考古，再加上有点年纪，别人会刻板印象认为你的基础一定不好。客观说起来，考古专业上我的确有许多不足之处，但面对带有轻视、不理解的眼光时，只有加倍在别人看不到的地方恶补专业知识。但我也知道自己的劣势与优势并存，跨专业的学生往往能够应用不同的角度去理解一个研究，或许能给研究带来一个新的概念或碰撞出新的火花。终于有一次在赵辉老师的课上，我做了安阳殷墟的考古发掘报告，为期两周半的报告课令那几位学弟学妹改变态度。他们后来告诉我，没有想到考古还可以以这样的方式报告，还可以这样分析，还可以这样解释。大家能够在年龄差距与学科背景不同的情况下相互尊重，交流就变得容易许多。

北方不吃油点？怎么能行！

两岸差异总是台生津津乐道的话题。刚到北大的时候，不只要加强自己学术能力还要习惯"北方菜"，对于食堂菜色重点的"油大"，总需要带上一壶水去"漂菜油"。后来打饭的厨师可能注意到这个情况，师傅总会激动地劝道："什么油有点大，咱们北方就是要吃点油，不然你怎么会有力气、会有热量，出去会冷的！"。明白师傅是关心，但我还是坚持不懈地"漂菜"，而师傅也无法理解我的坚持，觉得好不容易把菜炒油一点让我吃，我还不领情。第一次遇到这种"关心"，我第一印象会觉得北方人讲话很大声，仿佛要把肺泡都要喊破了。开始以为他要骂我，经过一段时间的相处，才发现北方人就是个性直爽，这也是他们表达关心的一种方式。在这些"粗犷"的北方厨师们看来，一个小姑娘都不吃点油怎么行呢？从开始因为北方人声音太大觉得很害怕，到后来反而觉得很亲切。了解到其实那就是另一种关心人的表达方式。10 年后，这也成为了我在北大日子里重要而温暖的记忆。脑海还有那位北方师傅大喊着："一个小姑娘都不吃油点怎么行呢？"

永远感谢恩师、师母

我家人的观念保守，认为女子无才便是德，对女孩读书不支持。我从初中开始寒、暑假都需要打工。一方面，打工可以解决学费的问题；另一方面，打工也是向家人积极争取读书机会的展现。所以，关于读书这件事，家人也慢慢转变观念，从有意见到不鼓励也无法反对我的"一意孤行"。来北大的关键是我的硕士导师——刘良佑教授。刘老师非常鼓励我继续读书，他不觉得因为年纪大，读书就会不如别人。因为家庭的情况，刘老师的肯定对我来说，不只是感动，还有激励的作用。老师邀请了很多来自大陆的学者，如浙江省博物馆王屹峰老师、上海博物馆的周丽丽老师，当然还有北京大学的老师们。刘老师邀请来的大陆学者会有课程的安排以及讲座的学术交流，这些课程内容给我很大的启发。在硕士课程之外，刘老师在寒暑假期间还与师母带着我们出去见世面、实习。在 2004 年时，我们就参访过四川金沙和三星堆遗址，三星堆遗址至今仍是难以破译的 7 大千古之谜，能在广汉博物馆亲眼见到许多古蜀秘宝，真是百闻不如一见。其他还有到上博、浙博、杭州等地实习的机会。因为这些经验的积累，更加强了我对学术研究的热情，暗自下决心不管经济条件如何，我都愿意再继续求学。刘老师邀请北京大学考古文博学院李伯谦教授到逢甲大学历史与文物管理研究所担任客座教授，李老师在逢甲大学的期间讲授了很多关于中国青铜器文化的课程，在课程中除了讲授青铜器专业知识之外，李老师还提到了大陆的考古专业的教育情况，以及考古发掘相关研究的前沿现况。受到了这样干货满满的课程与讲座启发，我萌生了选择考古专业就读的想法。李老师是把我从台湾带进北大的引路人，李老师还推荐了孙华教授当我的指导教授，一直到后来找工作，都是李老师与孙老师帮忙亲笔写推荐信。我的学术背景是夏商周专业方向，加上自己也会做陶瓷，实务工作也学习古瓷器修复，且有一段时间常跑日本，建立起日本陶瓷工匠的人际网络，熟悉他们怎么去取原料、怎么制作陶瓷等流程。所以，当初到北大的求学是希望研究原始瓷，如此可以使我在台湾的实务工作经验与在大陆的考古专业联系起来。不过，我的博导孙老师却建议我改成研究江西景德镇高岭土矿，孙老师认为这个方向更适合我。我心里有点抵触，但在信任导师的指导前提下，还是欣然接受这个新的挑战。当时我想起一位棒球名人，原籍浙江青田的王贞治，他在高中时期以主力投手的位置活跃于棒球场上，后来听从教练建议改换位置成为打击手出赛。开始的时候打击表现不佳，新人球季之初甚至曾经连续26个打席未击出安打，后来在教练指导下，根据自己对投手理解的优势转化了打击方式，创立了独一无二的"金鸡独立式打击法"打破世界纪录，成为当代体坛三大巨星。现在，我自己也当了老师，很多事情当下是无法理解，但是经过了一段时间回想起来，才理解了老师的用心良苦。我以博士论文为起点的《古代景德镇瓷土矿业考古研究》拿到了2018年国家社科基金后期资助项目，直接证明了孙老师鼓励的题目开花结果了。好像是六度分割理论一样，每一位生命中的贵人相继出现，除了与他们的缘分，还有对他们的诸多感谢。

你忘了，别人却记得

北京大学是一所高校，同时也是一个光环。在北大这个光环下，一定要比别人更努力。自己其实不会常常记得是北大毕业，但周遭的人比你更容易记得，当哪件事没做好，会有人开玩笑："怎么回事，你还是北大毕业的？"毕竟，北大学生在多数中国人的心中，已经被等同是"资优"的等级。其实，每个人都有自己擅长与所短，会读书不一定就一定会做事。北大对我来说，不在那些尖子们的传奇故事，而在整个校园的精神与氛围。不管就读于哪所大学，当回到生活面的时候，任何一个光环都不会让自己更有优势，生活是现实的。如果想要活得更快乐的话，要把在北大求学的那种心情，渴望学到更多知识以及和别人分享的心情，保持下去。否则即使北大毕业，也不会让自己在生活上更快乐。

给学弟妹的话

一晃眼从 2009 年春收到北大入学通知书的激动，近 10 年过去了，忆起北大的朝夕点滴，一幕幕依然记忆犹新。西门的安保小哥、考古文博学院的教室资料室、未名傲娇的猫咪等。10 年前卖掉房、车，只身到京读博的时候，家人朋友的难以置信与不理解，至今日的肯定，明白以事实证明这就是我做的选择。其中刘良佑老师的嘱托，他对我的信任，以及北大李先生、孙老师和老师们支持肯定，都是王怡苹走入北大校园的最大动力。面对未来意愿从台湾到北大求学的学弟妹，我觉得最重要的就是专心求学，把台湾优质的一面展现出来，并怀抱着一种开阔温暖的胸襟和视野，不要闭塞或是用批判的眼光看待彼此。如果在不了解彼此之前先有了成见，接下来就很难相处了。应该是用快乐友好的方式去待人接物，用更温暖的方式去交流，毕竟两岸同根同源，有文化认同感。

北大迎来 120 周年校庆，希望母校越来越好，秉持着一贯的北大精神。对所有这些到北大求学的人，给予更多的支持、帮助。坚持自由开放，永远是一个美好的学习殿堂。

（撰稿：丁莉）

20 年前的北京不是现在的北京

□ 1998 级人文学　向前

父亲鼓励　赴京求学

我来北大读书与父亲的鼓励有关。我的爸爸不是台商，其实对大陆实际情况不太了解，他是从我生涯发展的角度来考虑我去或不去北京读书这件事情。因为爸爸的朋友比较熟悉台湾高校里面从事国际关系研究领域的专家学者，当时，在台湾高校里从事相关研究的老师，几乎清一色都是从美国回来，还没听过有哪位学者是从大陆拿到学位后回台湾并从事国关领域的研究。1996 年，时任台湾教育主管部门负责人的吴京先生在讨论关于开放大陆学历承认的问题时，已经规划了准备开放与承认大陆 72 所高校的名单。爸爸根据这个社会背景判断，如果我去北大读书的话，可能会是这个研究领域较早去大陆的台湾人（当然指的是 1949 年以后在台湾地区出生的台湾人）。就这样，18 年前的我踏上北京求学之路。

校园骑车初体验

20 世纪 90 年代的台湾人对北京或大陆的认识渠道主要还是通过大众媒介，刻板印象基本就是电视画面里那些最经典的形象——天安门毛泽东像前来来往往的自行车。没想到，我自己也成为电视画面中的成员，那个穿着军绿色大棉衣踩着踏板的北京人。相比于烤鸭、涮羊肉、长城等，来到北京后，我印象最深刻的校园生活就是骑脚踏车。因为我是地地道道的台北小孩，虽然是男生，却从来没有骑脚踏车的机会。开始北大生活后，一开始我以为用走路就可以解决全部的交通问题，没想到北大校园很大，北京城市更大，没有一辆脚踏车实在是寸步难移，只好请大陆同学教我骑脚踏车。第一个面对的问题就是去哪买？怎么买？买自行车应该是来北大读书的人都必有的经历，对大陆同学来说轻而易举，但我就不太在行，特别是讲价。因为我一张嘴，老板就问："台湾同胞？"幸好北京本地的同学仗义，对我这位台湾同胞特别照顾，买车都是他们帮我砍价，选车也是靠他们眼力。我们最后在澡堂附近买了一辆最便宜的脚踏车，并且约了每天晚饭后近 6 点的时间，在校园里练习骑车。我运动神经也不算差，平时也打打球，没多久就可以平稳上路，我如果摔跤，同学还会对我说"对不起"，好像是他的错一样。练习几次后，有个北京同学让我上马路体验，领着我从北大校门出去，骑到人大又到中关村，兜了一圈。我一个大男人一路骑，因为车子很多，心里还是觉得很可怕。中关村是电子城，很多卖电脑的商家都需要板车，板车密度很高，板车的师傅是他们想往哪就往哪去，完全摸不出他们移动朝向的规律性。我才刚学会骑车，北京马路又宽又大，是台北的好几倍，又没有红绿灯，各种类型的车子来自四面八方，真的会怕。回想起来，非常感谢我的同学们一直陪着我，一起练习，让我融入当地氛围。已经过了 20 年了，想起来我竟然是在北大学会骑脚踏车，这是我一直觉得很神奇的事情。

当北京人的范儿

我在北大第三年的上学期，决定继续留在大陆考博士班。港澳台入学考试跟大陆考研的时间错开举行，考试地点则可以选择香港、澳门、广州与北京。因为我人就在北京，所以很自然就在北京的考点报名了，具体地点在北京理工大学。我与家人沟通后，决定不回台湾过年，因为待在北京方便跟博士班的老师联系，也少了回家分心的困扰。于是，家人让我在寒假之前的 12 月提前回台湾，再返回北京过年。

这一回台北，虽然只待了一个月，再回北大时，自行车就没了。严格说起来，三年的校园生活只丢一次车，算是"奇迹"，很多同学都是一个假期回来车子就没了。有人好奇问我，是不是锁头从台湾买过来的，我没有任何秘诀，跟大家一样都是两道锁，除了安装在轮子上那种自动弹开的锁，就是一条大的铁链子。到现在我也不知道为什么一样的情况下，自己的车可以活这么好，而同学的车会丢。车没了，我只能再买一辆。但这次我已经是老鸟了，毕竟都在北大校园蹲了快三年时间，去北大西墙外蔚秀园老师宿舍那边买了辆凤凰牌 26 英寸的自行车，很烂很破，但是被我换胎、链子上油、安踏板之后，共用不到 50 元人民币，就焕然一新了，很有成就感。买到了一辆凤凰 26 英寸的自行车，内心觉得多好啊！终于有了北京人的范儿！一个台北小孩开始喜欢上当北京人的感觉，这是一种多么奇妙的体验！

生活经验改变处事态度

有一次吃完饭，我从北大东门骑车去清华找朋友，在半路上与逆向而来的脚踏车迎面对撞，这件事情是转变我处事态度的一个拐点。我当时第一反应就是说"对不起"。没想到，我一说"对不起"三个字就反转局势，撞我的年轻小姑娘紧抓我道歉的事实，认定错误在我，非要宰我一刀。1999年50块人民币不是小钱，一辆二手自行车不就三四十元的事情。而且明明是对方错，为什么是我赔偿，可是北方姑娘可不是省油的灯，来势汹汹。当时还没有手机，我赶紧打同学的传呼机，让他们过来替我解围。对方一看来的人多，而且都是男生，说得地道北京口音，她也不吵了，就自己离开。同学陪我回学校路上告诉我，在大陆当对与错说不清楚的情况下，先跟人家道歉这件事，是表示自己有错，对方自然就赖上了。这件事情对我冲击比较大，让我觉得在大陆生活必须坚持自己的立场，争取自己的权益。后来我在大陆其他城市求学、生活的时候，也会用这样的方式去处理事情，虽然不一定是赤裸裸的争，但只要道理站在我这边，也不会太客气。但是，夜阑人静的时候，我也会反思，这样到底对不对，归根究底只能说是文化不同，因地制宜。

舍不得丢弃的军大衣

我在北大读书时候住在勺园，同屋的是到北大读马哲的台南人，我去的时候，正好赶上中华人民共和国成立50周年庆典，北京航空航天大学那边在盖四环路，要拆迁民房，有很多商品甩卖。所以我同屋带我去北航那边买了军大衣，他买了件空军的蓝色军大衣，我买的是陆军绿色的军大衣。其实一般北京当地人不会主动穿军大衣，因为军大衣通常都是民工才穿，也有一些老外会图个新鲜买来穿着玩。可是，我就是非常喜欢穿军大衣的感觉，主要是穿起来比羽绒服还暖和，而且里面是很扎实的棉，穿起来沉甸甸的很有分量。外出的时候可以御寒，在宿舍的时候又可以当被子盖，特别是我后来到华中地区读书，军大衣的作用就更大了。一般来说，秦岭—淮河供暖线以南的区域，冬天没有公共供暖，加上又湿又冷的气候，听说上澡堂回来头上会结一层冰，我后来亲自见证了那是什么概念。以前在北大时，台湾学生住的勺园都有热水供应。但是，有些大陆学生的宿舍是没有供应热水，我看到女同学从澡堂子洗完澡回来，头发上都会结薄薄一层冰，当时不能体会，这会儿全明白了。军大衣在洗完澡后特别好用，身上一披，帽子一戴，直奔宿舍也不会受凉。这件军大衣跟着我在大陆闯荡，也是我在北大校园、北京生活的重要记忆，也是大陆求学起点的象征。

冬天穿军大衣骑车

北大校园的冬天是很冷，冷空气充满鼻腔再灌入肺里面，冻到会流眼泪。所以，我会戴口罩保暖，当时戴口罩在校园里面很突兀，像个怪物。但是，我就是没办法摘掉口罩，否则就会咳不停。北京零下 17 度的时候，台北是 13 度，两个城市温差近 30 度。放假回台北的时候，家人看到我穿薄薄的衣服晃来晃去，还会担心我感冒。对我来说，台北的寒流很舒服，风还是有温度的，北京的风都是冰的。回头说，在北京冬天骑车，那真是一个"过瘾"。如前面说的，北京太大了。出门要么得打的、要么挤公车，但是小范围的活动，还是得靠骑车，像是出校门去北图借书就得骑车。下雪结冰的时候骑车会很危险，容易打滑，只有积雪化掉的时候才敢出来骑车。骑车时候，军大衣又防风又防湿气，帽子当耳罩，加上围巾，裹得只剩脸的正面，唯一外露的脸，表情应该是瞬间凝结吧。军大衣很长，上车时候有点怪怪的，但其实踏板踩两三下以后，就不感觉奇怪了。

学习尊重与融入

因为我的身份，别人会用特别的眼光看我的行为，我一直记住父亲对我说的话："你的同学怎么做，你就跟着做！"有一次，当大陆同学唱《义勇军进行曲》时，虽然我不会唱，但也跟着起立，大家很讶异我竟然会站起来。后来，不管是不是同系的人，他们都很愿意跟我交朋友。我也会参加同学组织的活动，后来留校任教的一位同学私下告诉我，你跟别的境外学生不一样，因为境外学生都不参加我们的活动。我说："我不是'外国'留学生，我来大陆念书，就是想跟你们在一起，多跟你们认识"。所以班上有任何活动，他们都会找我。班上每年组织去北京香山的春游，我都会跟着一起去，教师节系里晚会我也会去，有些事情需要转达留学生就由我转达。到后来，我就变成大陆学生传话给留学生的中介，特别是成为日本、韩国留学生的中介。我总是跟大陆学生在一起，不像其他境外学生，老师的田野调查项目就会愿意给我做。老师带着我去河北、陕西、河南的农村，老师带着我，把我当作自己人。跟北大同学相处的经验，帮助我后来在大陆其他城市也可以很自然的融入当地生活。如：在湖北读博士班的时候，我就跟大陆同学住一样的宿舍，没有住留学生宿舍。因为留学生宿舍在校外比较不方便，而且留学生公寓比勺园的条件还差，我宁愿选择跟大陆学生一起住。

两岸年轻人其实没什么差别，我们面对的问题，和生存的竞争压力是一样的，都有房子买不起、结婚结不起、孩子生不起、工作不好找、社会老龄化等诸多问题，大家发展的轨迹是差不多的。

我想告诉当年在北大的自己

18 年前，从北大校园生活开始，那些跟大陆同学及老师相处的日子，到离开大陆回到台湾生活。这些经历都是我返回台湾发展的重要基础。跟大家的相处，还有在北大学习的专业，可以帮助自己从不同的视角来看待大陆，这对我很重要。在职场上，能比身旁的同事们更加冷静与理性的解读两岸关系。那段曾经在大陆和师长、同学的相处及大江南北游历的经验是别人拿不走的。我想告诉 20 年前年轻的自己："20 年前的北京不是现在的北京，所以，谢谢自己可以撑过来。"

（采访：黄裕峯　撰稿：黄裕峯）

我来锻炼自己

□ 2013 级国关学院　许晋铭

校园生活印象

如果让我讲五个对北大印象深刻的名词，应该就是：未名湖、博雅塔、图书馆、北大国关学院、畅春新园。我会把未名湖摆在第一个是因为外面的朋友来北大找我们交流、聚餐聊天或观光，我们都一定会带他们去逛未名湖，因为这是北大的特色，一定要去看看的最美丽的校园风景。第二就是博雅塔，从未名湖的任何角度都能看见博雅塔，因为北大规定，任何建筑物的高度不得超过博雅塔。从湖望塔想象当年教会办校的燕京大学里有座佛教建筑，也是一种兼容并包的精神，而博雅塔内虽然有螺旋楼梯，但是没有开放，所以我与多数人一样至今还没有从塔瞰湖的机会。第三就是图书馆，写博士论文先决条件就是需要大量的阅读，所以我们常常去图书馆借书、找书，未名湖和博雅塔、图书馆很近，所以北大校园有一个人人皆知的称号就是"一塔湖图"。"一塔"就是博雅塔，"湖"是未名湖，"图"是图书馆，所以是"一塔湖图"。严格说来北大的图书馆不算很新，但藏书很丰富。1946 年至 1949 年期间，北大图书馆藏书仅次于北平图书馆，是全国第二大图书馆。此外，毛泽东为人所津津乐道那段在图书馆工作的日子，还有李大钊、章士钊、顾颉刚、袁同礼、向达等名人都曾在图书馆工作，这些都为北大图书馆增添许多光彩。第四个自然是我所就读的国关学院，我之前常去上课，当助教的时候也是在学院上课，已经成为我在校园生活的主要部分。

五湖四海话家常

我印象最深刻的事情就是跟来自不同国家的留学生与港澳台学生大家聚一起聊天的感觉。因为每一个人代表他所来自的国家或地区，对于我们国关专业的人来说，国际关系需要和经济、历史、法学、地理、社会、人类学、心理学、文化研究等学科紧密联系。北大校园里经常会有左边坐着美国人，右边是日本人，前面是韩国人，还有港澳学生坐在一起讨论的画面，我则代表台湾视角参与，大家因为背景不同下所产生思想上的火花，简直就是在校园里做"田野"，对自己的专业很有启发。有时候再加上河南、河北、山东或北京的同学，通过大家天南地北聊故乡的事情，那一刻仿佛自己到了各地朋友的家乡，觉得很亲近，又是另一种对自己人生观念的启发。第五个是我的宿舍畅春新园，毕竟住在这里五年了，里面有许多回忆。在宿舍港澳台学生容易聚在一起，大家一起各想各的家、故乡美食、美景，邀请互访。偶尔也会"抱怨"，像是北京很干、天气很冷，其实就是聊天，什么话都讲。

生日惊喜

2018年的4月我在北京帮忙举办了一场两岸交流活动，那天正巧是我的生日，我以为只有自己知道，活动结束后，22位同学们故意留下来收拾到很晚，我心里纳闷："这次留下来帮忙的人变得这么多，但怎么会收拾这么久？"结果，大家忽然拿出蛋糕帮我庆生，原来是串通好留下来帮忙故意拖延到很晚。我自己有点不好意思，但是印象深刻。毕竟这些年我花不少精力在两岸交流上，一定程度影响了自己的学业，其实我都没有对家人说，避免他们担心。有时候当志工奉献，还会被误会，一段时间心情也会低落。这场生日惊喜，让我觉得自己做的事情也受到了学弟学妹们的肯定，产生了继续坚持的动力。

当助教的成就感

我来的那一年国关学院的教学制度改革为预先培养博士生的教学经验，就是让博士生来帮忙带本科生和硕士生，一是博士生可以培养出教学经验，二是让本科跟硕士学生能有接触博士生的机会，借此提升学术实力，三是减轻学院老师的教学负担。博士生可以选择当助教或科研助理。在北大当助教是一种很特别的感受，因为教的是全国最优秀的学生，助教既要扮演带头领导的角色，也要兼顾学生的心理，教的不只是学生的专业知识，还有待人接物的方式，简单说就是从有形与无形之间去带动与负责整个课堂的学习氛围。学生的提问、教师的答疑、作业报告哪里可以改进、如何给一个大家信服的分数，就是这种义务与责任。能否成功把学生们的专业知识带起来，不是自己判定，而是由教学督导组根据学生的反馈情况做出评价。我当时兼两门课，一门课是"西方政治学"，另外一门是"国际政治概论"，对象有本科生也有硕士研究生，全班大约20—22人。印象深刻的就是本地的学生真的很优秀，只要讲一遍就能记住，不用讲第二遍，一种含着金汤匙的天生优秀，而且还知道努力。相比之下，留学生反而没有那么积极，有一位留学生作业迟交还打马虎眼，找了各种借口搪塞，就是不按照规矩交作业。当然，本地学生也有不认真的人，但是基础摆在那里，结果也不会太差；留学生也有认真优秀的人，而且还存在语言门槛需要跨越，只是同一门课上和中国学生相比，差距会比较明显。当助教其实很累，但是当你把一批原本对国际关系没有概念的学生，通过教学明确建立起了国际关系的概念，看到他们会依照不同的形式去做不同的阐释，这是很有成就感的。

求学体悟未来规划

2013年9月，我自己飞来北京，心里就打算这是一场锻炼自己与来读书学习的日子，我带了很多行李，因为短期内没有回家的计划。我读北大之前曾在北京住了一星期，也接待过北大到台湾政治大学交流的学生，但读书五年的感觉跟当时的认识完全不同。我认为要真正了解北大，起码要待半年以上，才可以看见实际的内容。一个礼拜甚至一个月，看到的还是比较表层的东西。因为只有长住，才可以理解它的运作轨迹。但是，很多交流项目受限种种因素，活动时间无法那么长，建议大家如果有来北大蹲点交换的机会时，尽量跟大陆朋友在一起，不然学不到东西。多跟大陆人来往，才能了解社会情况，真正的接地气。整天跟留学生、港澳台学生在一起，就没有较好地融入北大。另外，我觉得大陆的人丁兴旺，各行各业充满了人才，加上未来的发展指日可待，自然而然，竞争就会激烈，大家只要做好竞争的心理准备，也没什么需要担心。别的专业我不清楚，至少在国际关系领域的学习上要改变在台湾养成的价值观，因为大陆和台湾的学术论述是两套系统，必须融入大陆才能感受到另外一种世界观。例如：以前在台湾学的都是大陆"很可怕"，美国是"好人"，日本对我们"很友好"之类的论述，但来大陆后，就能感受到美国和俄罗斯之间的关系还有不同的解释，所谓的友谊和敌视都和台湾的解读很不同。通过在大陆学习后，重新整理一套属于自己对国际环境的价值认知。用自己的新视角再看待两岸关系，再看整个世界，用更大的格局来解读世界的变化。

寄语未来

我们要有北大人的情怀。我们做事情要以人为本，要有历史的情怀，不要把功利心放得太重。只要这件事情是对的，即便没有好处也去做。一个人要有自己的价值认知，不要人云亦云。如果你是可以随时被左右动摇，人生道路就会充满变数，会过得不开心。站稳自己的立基点，不能碰就是不能碰，不然会永远活在别人的背影下。

（采访：黄裕峯　撰稿：黄裕峯）

峥嵘的流年

□ 2002 级经济学院　许瓅文

那年，我想进北大；于是，我爱上北大；现在，我怀念北大。我叫许黎文，台北人，1998 年到 2002 年在台湾政治大学读经济系。毕业之后，考到北大，2002 年到 2004 年在经济学院经济史专业学习。二年的北大生活，使我感受到了大陆的新鲜，体会到了两岸的差异，结识到了优秀的师生，经历了那个年代特有的生活，具备了骨子里的北大情怀。读本科的时候，家里有亲戚在大陆工作，他们说有机会可以考虑去大陆念，但当时觉得自己年纪小，又是女生，加上家里不放心我一个人去，于是没去。但从那时候开始，我就已经有意识地去搜寻一些关于大陆求学的资料，比如：考试科目、如何报名等，为将来考研到北大做准备。台生当时还是通过港澳台考试入学，我们经济学院的考试科目是：经济学、数学、综合科目还有英文。和本地生唯一的差别就是没有考政治学。但考试必须准备很充分，因为报名的时候只能填一个学校、一个专业，没考上只能等明年，所以准备很重要，选校、选系也很重要，我要挑战最好的学校。

初见——惊艳了时光

我的本科学校在台北，家也在台北，从小到大基本没离开家里。我在北大的日子是人生离家时间最久的第一次，心情很激动，有种像笼中鸟放出来的感觉，太阳底下的世界都是新鲜事。到北大读书之前我只到过大陆一次，而且是去上海，不是北京。但我本科专业是经济学的缘故，我们会接触政治经济学，所以在政大选修学分里有二十几个学分是关于大陆的研究，比如：经济、社会等。算起来，我在学校里选修的那些关于大陆的相关课程，某种程度上也算是为了到大陆求学作为铺垫。2000 年我报名了由政大老师带队去上海复旦大学勤工俭学的交流团队。团里总共有 12 人，2 位老师与 10 位学生。其中 5 位是东亚研究所的研究生，另外 4 位是外交系大三的学生，只有我一位是经济系大二的学生。那次交流我记忆深刻，让我关注到了大陆的经济学相关发展，也初步认识大陆高校的情况，为可能到大陆求学做准备。还没入学以前，北大最吸引我的是未名湖。在寻找入学资料的过程中，意外发现了未名湖，原本以为未名湖的起名可能是来自某本古籍或典故，没想到竟然是因为大家都希望给人工湖取个名字，竞相命名后始终没有人能提出令众人满意的名字，于是最后就变成未名湖了。我觉得很有意思，从起名就可以看出北大的校园精神。被北大录取后，我提前几天住在校外等待安排宿舍，那段时间需要每天到北大办理相关报到手续。每次坐车都要接近 1 小时，才发现北京真的很大，坐一趟车要好久。在台湾公交车站与站之间距离不会很远，走个三五分钟到下一站，但在北京的公交车站点之间距离很长。有一次看地图上感觉很近的站点，结果从宾馆外面的围墙走了很久才看到要朝对面走，得先上个过街天桥才能到。结论就是在大陆，一个站牌就隔了很远。台湾管公交车叫"公车"，但在大陆讲"公车"是指公家单位的车。我那时候不明白两岸生活用语的差异，闹了个笑话，想问公交车的站牌在哪里，对方的回答是"你要去问等会儿接你的司机车停哪里"。一个小小的名词含义不一样，就会造成问路结果的偏误。刚到北大，妈妈从台北打电话给我，担心我课业压力大或生活适应不良，调侃我读不下去就回家。其实，因为读书的时候我是应届毕业就考上北大，算是台湾同学里年纪较小的，舍友她们像大哥哥、大姐姐一样照顾我，所以没怎么不适应，至今想起来还是很感谢他们。

求学——恬淡的记忆

三角地在北大校园的中心地带，是经过食堂的重要道路之一，那里有很多布告栏，上面贴满了各式各样的海报，是校园活动信息的集散地。那时候百年大讲堂已经盖好了，就在三角地旁边，北大资源非常丰富，很多类型表演都会在那里举行，票价也便宜。看一部电影学生票价就是五块、十块，"高大上"的国际级音乐会也不超过100元，享受同等级的演出在台湾得花不少钱。我有空就会去听这些演讲、表演等，在北大是一件非常享受的事情。

我选择经济史专业是因为本科阶段就读经济系。经济史是指经济领域的发展历史和经济状态的变迁史，在数学与统计学被经济学大量引入后，以文史为取向的经济史就被开始乏人问津，通常可能存在于历史系里面某一个分支或在经济系里开设经济史课程。我们本科生阶段的经济史，将经济思想史列为必修科目，过了这么多年，因为实用性不高，台湾现在已经把该科取消了。大陆除了北大之外，很多学校都还有这个专业，所以到北大念经济史是一个很好的选择。北大真的非常自由。上课的时候，旁听的人很多，这个是不常见的。通常有些学校对于上课会有规定，如果不是我们学校的学生，就不会让你进来。我没在台湾读过研究所，但是感觉大陆的导师跟学生的关系比较密切。我读的是经济史，修课的人数很少，老师家住在蓝旗营，征询我们的意见之后，干脆改在蓝旗营上课。这跟过去想象大陆比较专制有很大出入。在台湾比较少听过老师把教室移到家里面，以前在台湾读书时，老师调课不一定会认真跟学生商量、征求大家同意后再来做这件事情。

生活——峥嵘的流年

我们住的地方跟本地生不同，那时我们住勺园。港澳台学生统一划为"国际学生"，收费也是按国际学生一样收费，但是住宿条件却比本地生的好。宿舍是 80 年代建造，所以不是每个房间里面都有卫浴，本地生洗澡要用澡票去大澡堂洗，离宿舍有一段距离。我们也是澡堂，但是集中在一层，可以在自己住的楼层里解决。北大无论本地或境外宿舍都有暖气，对台生来说是一件很新鲜的事儿。听说国家对北大比较照顾，所以供暖比别的区域略早，其他地方是11月，但北大提早半个月开始供暖。供暖后室内温度就升到二十多度，北京的气候干燥，跟台湾湿热的气候不一样，又暖又干的居住环境其实还蛮舒服。

我印象最深刻的事情就是2003年的"非典"，这算是人生中遇到非常特别的事情。它属于呼吸道传染病。当时社会对这种病一无所知，只知道病毒传播很快、传染途径不明，比如：跟对方接触、咳嗽都有可能被传染，包括医务人员在内的多名患者都在短期内死亡，搞得校园里人心惶惶。当时有些人选择跑回台湾，有些到别的省份避风头，整层楼就剩下两个人。学校做了隔离的措施，先将每个宿舍都换了门锁，怕有些人离开后又偷跑回来，跑回来的人具有潜在的风险，如果没有隔离就会比较危险。所以，阿姨打扫时，都会有意识的敲敲门看人在不在，而且门把手都用酒精消毒。我跟另外一位"留守"同学，相互调侃是"贫贱不能移"。我有考虑是否回台湾"避难"的问题，但因为大陆出现了病例，回台湾会被隔离，又因为台湾医院也有病例，回北大也要被隔离两个礼拜。其实我没那么害怕，看到学校这么严格，这时候待在校园里反而更安全。看起来好像行动受限，反而更自由一点。我把这段经历专文写在《台生说》这本台生大陆求学经验分享的书里面，有兴趣的朋友可以去翻阅。现在回想起来，大陆控制人口流动的手段比较强烈，台湾用这么强烈的手段的话，民众会不同意，如果悄悄把门锁换掉，别人是可以抗议的。非常时期，究竟哪一个比较好呢？

回首——温柔的岁月

大陆人恐怕很难理解为何北京大学的文凭不被承认，我们也很难解释为什么要跨过海峡读不被承认的文凭。台湾方面迟迟没有承认大陆学历，如果进公务系统与学校等公立机构都需要提供学历证明。2004 年我毕业时正好台湾地区领导人选举，发生了"319 枪击案"，选举结果是陈水扁连任当选。我评估大陆学历被台湾承认估计不容易了，考虑许久后，提交美国的入学申请去攻读硕士。美国硕士毕业时政大正好有一个项目是关于企业史的研究，我就回母校政治大学工作，但我是跟着项目走，只是短期研究的工作，后来知道中华经济研究院有关于中小企业的研究工作，就从学术研究单位转到政策智库的研究单位，发现在这儿的工作也离不开项目，关在办公室做研究，总感觉不接地气，下定决心要转换人生跑道进入社会大学，实践是检验真理的唯一途径，经济理论不再是纸上谈兵，虽然现在我的工作时间自由，但我觉得还是当学生是最幸福的一件事情。我参加了北大在台湾的校友会，会里认识了很多年轻的北大台生，听他们的故事，仿佛自己也一直在校园里继续生活，我在北大学习的日子一直继续着。

（采访、撰稿：李泽林）

时光偷不走的情分

□ 1999 级法律系　徐牧柔

昌平校区——一场阴差阳错的最美遇见

回想起北大，脑海里第一个浮现的是昌平校区。1999 年我进入北大法律系读本科，也是在昌平校区生活过的最后一届文科学生。现在北大人应该都不太了解昌平校区。它位于八达岭以东，小汤山温泉附近。关于这个校区，据说还有一段不为人知的历史。第二次世界大战时，中俄两国的关系比较好，校方参考了莫斯科大学在列宁山上的校园规划，在八达岭山头后面建造了这个校区。那个时候的雷达没有如今那么精准，所以即使有战斗机途经校区后欲返航空袭，也难以做到。因而能在战争年代里保护了北大学生的安全。

回想当年刚入学时，学校安排法学、国际关系、行政管理等文科几大专业和光华管理学院、经济学院、等几个学院的大一新生在昌平住宿、就读，集中管理。那时，我其实是作为港澳台学生就读的，但因为当时两岸政治敏感的原因，我也希望自己能低调一些，所以当我在注册报到的时候，被问及是哪里人，我便回应自己是山东人（籍贯）。当年的注册手续并没有如今这般严谨，就这样，我被阴差阳错地和大陆同学一同被分到了昌平校区，从此改变了我一生的轨迹。

10多年前，昌平校区的条件还是很艰苦的，宿舍内没有热水，只能到宿舍外的澡堂沐浴，大约是隔一天才能凭"澡票"使用一次。和电影《辛德勒的名单》当中某个集体沐浴的场景类似，铁制的龙头高高挂起，由铁链连接地面的大铁板，人要踩上去，才会有水流下来，而且无法调整水温。那个时候我刚到大陆，有些水土不服，非常非常瘦，所以每次踩到铁板上都没有什么反应，幸好有我的同学帮忙，她们洗澡的时候就会一只脚踩自己的铁板，另一只脚踩我的，这样我才能洗澡。昌平的冬天比北京市区还要低几度，洗完澡从澡堂到宿舍还有一段距离，等回到宿舍，才发现头发一缕一缕都结冰了，像细细长长的冰锥子，用梳子梳开有时候还有清脆的声响。回想起那些日子，很苦，却也很有趣，欠下了不少一脚之恩。

　　作为当时学校里为数不多的台湾籍学生，我受到了很多来自周围人的"特殊"照顾。当时媒体信息尚不流通，城里人都未必了解台湾真实的民生情况，何况昌平校区在乡下，食堂的打饭阿姨更加无法了解。她们看了我瘦巴巴的身型，无非印证了脑海里台湾人民吃不饱穿不暖，需要被照顾的臆想。饭堂是要凭饭卡付费打饭的，计量单位是"两"。比如二两米饭等于一碗，四两饺子等于一盘……对于我这个用惯了"一碗饭""几颗水饺"的人，难度系数很高。于是当我因阿姨问我吃多少而陷入沉思时，阿姨们永远都默默给我大满勺，我本身饭量小，想打个半份的菜，付的是半份的钱没错，进到碗里的却仍是一满份。大陆同学们于是非常喜欢来"蹭"饭。当年也没有饮水机，想喝热水需要提着热水壶到水房打水。因为我身体瘦小，水壶又很重，所以我总是拎不动，同学们常常义不容辞地帮我打水，很豪迈的甚至一个人拿着 6 只热水壶，好让我在冬天的时候，有足够的热水饮用、洗脸、洗手，甚至是睡前泡脚。无论任何时候回想起来，心里都是温暖又甜滋滋的！有一次抽奖抽到了一台便携式 VCD 播放机，同学们搬着凳子聚到我宿舍，围着一个小小的屏幕排了好几排，挤在一起看 VCD。我们还会一起做挂在床上的布帘子，一起用脸盆洗水果，啃着黄瓜吃着大葱，或者熬夜在水房借着忽明忽暗的一缕黄光读书……老一辈的人常说一个词叫作"革命感情"，就是我当年和室友、同学们的最佳写照。也因此让我实实在在接上了"地气"。融入而后理解，对我接下来的工作影响深远。

昌平校区对我而言，不是阴差阳错，是命中注定，最美的安排。

燕园花开，清风自来

"与善人居，如入兰芷之室，久而不闻其香。"我极其幸运，能与全中国最顶尖的学子同窗，接触到真正的"状元"。当时有一个同学，她是四川绵竹的高考状元，家里"敲锣打鼓"把她送到北大，这种情况在北大和清华是很常见的。和状元们一起生活，我见识到什么是"削尖了脑袋"，什么叫废寝忘食。考上北大、清华，背负着整个村、整个屯、整个县的希望，于是他们没有心思去享受生活，不分天候，每天早上五六点起床到学校树林里背英文。一起生活的一年，不仅激发了我的自律和积极性，后来工作中与人打交道的时候，更完全理解他们为什么不开灯，为什么办公室配有饮水机还要自己带热水壶去水房打水，因为"珍惜"已然是深入骨髓的一部分。

有一年我到英国做一档旅游节目，特别和母亲绕道牛津看望老同学，并以家人的身份参加了她的毕业典礼。她激动地直流眼泪，因为连家人都没能去那么远的地方看望她。她特别开心地让出房间给我和母亲，告诉我，我们的到来总算让她的房间得到善用，因为她大部分时间都在图书馆，争分夺秒地努力学习，几乎没在宿舍里好好睡过几觉。这份拼搏的精神，相信很多在国外的中国留学生都心有戚戚焉，也正是这份毅力，共同编织了中国的成功。

第二年我们搬回了市区的海淀本部，对我而言，本部的三角地和勺园是除了教室外，最重要的地方。三角地最开始便是校园信息汇总、交流之处。怀旧校园连续剧中的社团信息交流大字报、出租转售信息，乃至寻人启事或仅仅一则留言，都会在三角地的看板上张贴。学生会及各社团也总是在这里举办招新活动。北大号称中国人文思想的发源地，三角地便是源泉。勺园是校本部内留学生和港澳台学生的宿舍，也是我在本部的住处，据说以前是和珅的后花园。勺园汇聚了来自世界各地的学生，比如日本、韩国、俄罗斯、美国、意大利、法国、瑞士、比利时、非洲等很多国家和地区的人，形成了小型"联合国"，主要交流语言是普通话，非常神奇！北大的留学生中，大多是有"Yellow Fever"中国热的学生，他们热爱中国文化，非常友善。

我们在一起除了谈论关于学业相关的各种话题之外，经常会相约周末一起爬香山、游颐和园、唱歌和跳舞。夏夜里坐在勺园草地上，喝着啤酒聊着家乡的风土人情和新鲜事，不知不觉中，学习了各国文化，加深了感情，还拓展了彼此的国际观。冬天跑到西门外面吃羊肉串，一人一个小板凳，酷寒也浇不熄心中的热情。

如果说，昌平带我融入国内的生活，那么三角地激荡了我的思想，勺园提升了我的国际观。

作为"家"的存在

到北大读书，其实是受我母亲影响。母亲在 1986 年回到大陆打拼，当时两岸还未开放。多年来见证大陆的发展、蜕变，她对大陆的感情很深，遂希望我也能回大陆学习。当时在美国读高中的我像只无忧无虑的小鸟，对比当时极大的生活落差，十分不能理解母亲的决定。但经过那些年一起在北大学习、生活的日子，我深深爱上这个充满冲突与机遇的国度，感激母亲当时的决定，也庆幸自己的坚持。北大不是"光环"，而是改变我人生轨迹和心态最重要的经历。

相距学生年代 20 载，同学们依然保持着联络。微信上有我们法学院的群组，有全年级的群组，Facebook 上也有一个叫作"勺园"的群。无论事业或生活上有任何需求，出来吃喝一下子，总是能及时获得帮助。每当有同学结婚，或每隔十年的北大校庆，我们都会努力聚在一起，这是一份共同的默契。不管毕业多少年，这份友谊都永远不会褪色。北大，就像家一样的存在。

"北京大学"四个字，多少年来，潜移默化地孕育了一届届学子，且深刻牵动了中国的发展。作为一所没有一致校训的百年名校，真正体现了蔡元培校长当年提倡的兼容并包和思想自由。像西藏人辩经一样，没有错对，只有交换不同的思考，进而促进了这些年的百家争鸣。校园并非最美丽，但胸怀最宽广，这种风气在昌平、三角地、勺园，处处得见。

北大是一所跟得上时代的学校，通过积极的对外合作，不仅创造了很多成功的子公司，如：北大青鸟等，也派代表参加很多媒体的活动或节目，这是一种自我营销，更是"传承"。通过各种形式，将北大的理念铿锵有力地传递出去，促进新一代人对北大的认识。作为中国近现代第一所国立综合性大学，本身就被赋予历史使命。无论我们身处哪个时代，她总以自己的方式继承历史，传道授业。无论我们来自何方，她总给予滋养，有教无类。

时值母校120周年校庆，送上一句简单却诚挚的祝福：继往开来！

（采访：黄玉明、撰稿：赵学真）

眼底未名水，胸中黄河月

来北大的独家记忆

我会离开台湾来北大求学，理由很简单——让自己变得更好。在世界大学排名里，台湾最棒的学校是台湾大学、新竹清华大学、新竹交通大学，这几所学校已经很好，但全球排名还是没有北大、清华靠前。我当时收到了三个学校的录取通知书，分别是北大、清华和上海复旦。考虑到我的专业是国际关系，接近法学，复旦这方面比较以人为本，清华则是注重条理，所以选择了最有底蕴的北大，比较符合我的学习意向。北大的每个地方、每个角落对每个人都有特别的认知和缘分。如果让我立刻联想出几个北大的地名或者名词，第一个是未名湖。想到未名湖是因为我习惯每天晚上吃完饭去那里散步。记得有一年冬天，我和室友在结冰的湖面溜冰时，在未名湖上都是我和朋友们青春的悸动。另外，还有个原因是因为《燕园情》里的一句歌词"眼底未名水，胸中黄河月"，所以未名湖对我来说是金钱和时间都换不回的回忆。接着是图书馆，因为本身很爱看书，北大藏书又特别丰富，可以让我细细咀嚼经典名著，图书馆是我心灵的避风港，它伴我度过成长时的喜悦和寂寞时的难受。第三就是华表，这是原来放置在圆明园安佑宫的两根石柱，后来搬到北大校园。华表象征着时时地矗立，时刻提醒着北大每一位学子要努力进取，积极上进。第四就是《燕园情》，这首歌是周保平与孟卫东为了纪念北大迁入燕园而作的校园歌曲。虽然官方没有正式承认，但被我们大家当作默许的校歌。《燕园情》的歌词写得都是我们看得到的东西，没有过多使用那些冠冕堂皇的辞藻，从细微之处激荡每个学子的内心，唤醒每一位学子蓬勃朝气的报国壮志。北大对我而言，更多的难忘记忆都在于生活中的那些点点滴滴，可能对于别人来说是微不足道的细枝末节，但对于参与其中的人来说，却是份独家记忆。

初来乍到改变印象

因为台湾的大学普遍来说都不是很大，我到北京大学报到的第一印象就是大，比想象中还大。根据北京市委党校北京人口与社会发展研究中心、社会科学文献出版社共同发布的《北京人口蓝皮书》，北京市常住外来人口在 2017 年末为 794.3 万人，北京市户籍人口为 1359.2 万人，如果再加上每天在机场、车站等大进大出的人员，人口总数几乎等同或超过台湾地区了。第二个印象改变是同学。一开始先入为主的以为大陆同学跟媒体上说的一样，都是很"凶猛"的性格，来了后发现其实大家都很喜欢思考与探索人生的东西。而且大家思考的问题都很有方向性，不仅仅是职业，还有对于人生的追求、价值观等深刻的问题。我开始喜欢和同学一起去探讨人生，也发现同学其实没有我们台湾人想象中的保守。第三个印象改变是人生态度。过去，我自认是一等一的高手，来了北大发现那是一种自我感觉良好的迷失。因为北京聚集很多优秀的人，我有很多地方真的不如别人。比如我今天阅读了一本书，觉得还不错，跟同学分享之后发现，原来大家都已经阅读过，甚至可以提出更全面的感想。北大同学的自律性强，就拿生活习惯来说，我的室友每天起早读书，晚上十点就寝，维持着非常规律的生活。这和我在台湾读书时期身边的同学是相反的，台湾很多青年喜欢晚上熬夜，错过了早上的黄金时间，在健康上跟时间利用上，让我受益良多。我个人觉得大陆学生比台湾学生有更宽广的视野，也了解台湾，反而台湾学生对大陆会有些陌生感。我觉得这一块台湾学生应该反思一下，当比你优秀的人比你还努力，那你应该怎么做？当然是要加倍努力地奋起直追，我觉得这才是一种正确的积极人生态度。

看电影融入本地

通过艺术作品可以让人快速了解一个地方的文化，电影和书籍这两种载体各有自己的优劣，如果想象力够好的人可以选择读书，而电影在视觉方面的冲击会比书来得大。除了看书，我也喜欢看电影，来北京后看了很多冯小刚等大陆导演的电影。冯小刚导演出生在北京大兴区，是地地道道的北京人，他拍了《集结号》《甲方乙方》《天下无贼》《唐山大地震》《非诚勿扰》《一九四二》《我不是潘金莲》《老炮儿》《芳华》，这些作品对我加速认识大陆与认识北京有很大帮助。电影也可以增加我去某个地方旅游的意愿。比如：研究生阶段我去过东北、青海、内蒙古、河南、江浙、广东、西南、贵州等等，对一个地方感兴趣你就会去了解它。正如明朝董其昌《画禅室随笔·卷二》所谓"读万卷书不如行万里路"，现代人又增加了一句"行万里路，不如阅人无数"，我想并驾齐驱，两方面都做到。我在毕业前去了甘肃崆峒山，去了才知道它在平凉，而我的舍友就是来自甘肃的平凉。以前在台湾读书时对西北内陆地区这方面了解较少，通过来这地方学习认识的朋友，看过的文学作品、电影等，可以对大陆的文化和中国历史有更多的了解。印象最深刻则是内蒙古，我是7月草最茂盛的时候抵达，草原的宽广，使内心非常开阔，很多烦恼也就烟消云散，看着大草原的辽阔，更加鼓励我成为更好的人。

校园点滴感谢在心头

选导师的时候，因为我想做关于德国的研究，所以事先调查学院指导教授的学历背景，最后选了一位曾经在德国留学并获得教授职称才回国的海归导师。我的指导教授连玉如老师给予我非常大的帮助。因为我是台湾的学生，所以可能在思考问题时的逻辑思维会不同，连老师非常的耐心和认真，真心感谢导师的提拔。我参加过台湾青创社，这是一个帮助青年创业的校内组织，感谢北大对台湾学生的重视，组建了这样的社团。除了社团，我还有个习惯就是去"蹭"课。蹭各个学院各个专业的课，经常觉得一天 24 小时还不够用，很多有意思的课时间冲突了没机会听。因为北大的老师们都非常优秀，而且每位老师都有他的特点。有的老师是讲义写得特别好；有的老师讲课特别哲理，让人深思；还有完全不用讲义，却能把内容说得丰富多彩。感谢校园文化丰富了我的人生视野。这些在生命中遇到的每一个人，都会是一种人生中的契机，让我感谢在心头。

北大精神永远在我心里

毕业后，我没有忘记北大曾带给我的谆谆教诲。特别是校长说："吃亏就是占便宜"。这句话一直伴随我到现在，时时刻刻提醒自己——不要觉得自己苦，不要觉得不公平，不要各种不愿意。校长的这句话，真的是一种人生财富。因为台湾需要服兵役，所以北大毕业后我的第一份职业算是军人。服完兵役后我来到福建就职，北大的学历带给我光环，但更重要还是自己所掌握的工作能力。我记得当时回答人力资源主管说:"北大学历是我的底气,但不是我的全部,我依然愿意不断学习"。现在我担任某企业的总经理助理,需要明白很多东西,但是做实业就是实实在在、不投机,才是成功的基础。

谈了很多校园回忆,最后还想再说句话献给我敬爱的母校——北京大学。

"120年,认识你两年,但你会永远在我心里。"

(采访、撰稿:敖淼)

你真的是北大学生吗

□ 2015 级艺术学院　杨若昕

你是北大学生吗

正式开学之前，有好几次，我想要走进校门都被保安拦住："你真的是北大学生吗？"我反问他："我不像北大的学生吗？"保安回怼我说："你何止是不像北大的学生，你根本就不像学生啊！"

好吧！校保安他们可能真的没见过学生有这种发型——头发漂成白色，上面还挑染了粉红色和紫色，就像 DC 漫画公司的小丑女一样。但我是一名货真价实的北京大学的学生，我叫杨若昕，在北大学影视和戏剧理论研究。我之所以染了这个头发，一个是因为成功考进北大，想奖励自己。另外一个是想到以后工作了，就是身不由己，很难按照自己的想法去做事。那我既然还在学校，不如就尽可能地发展我的个性。话虽如此，但其实我还是为这个发型惴惴不安：老师会不会对这个'个性'的发型有意见？心里有个盘算，要是老师有意见，我就去染回来本色。我就怀着这样的想法不安地参加了学院的开学典礼。当时，我的位子是靠走道的。一位老师路过我身边时，突然看了看我的头发，说："吆，你的头发真漂亮！"我听到了之后，担心的感觉立即释放，原来北大的包容性这么强。独特的发型带来的影响有好有坏，我的头发让我才入校就被关注，盯着这头酷炫的头发，人群里我总是比较显眼，辨识度高，老师上课的时候很容易认出我。但是，进出校门始终是一个烦恼，每一次学校保安都会询问很久。他们总要对比好久才能确认眼前的"复刻版 DC 小丑女"和学生证上的"黑发学生"是同一个人。

静园草坪

要我说出北大的五个地名的话，我最先想到的就是：未名湖、博雅塔、燕南园、燕园 34A 和静园草坪。前三个大概不需我多做介绍了。这里可能要稍微说一下的是后两个：燕园 34A，是我住的宿舍；而静园草坪是我融入北大的起始地。在我们学院，同学之间、前辈和后辈之间，大家感情都很好。还没见面的时候，学长学姐就给新生拉了一个微信群组，让大家在群里互相地介绍自己，见面之前，大家已经能快速地熟悉起来。开学之后，学长与学姐们就和新生们约在静园草坪见面。在静园的见面会上，学长与学姐们会告诉新生各门课程的选修情况，每位老师有什么样的作业、规定或上课习惯，还汇总提醒我们课程中的雷点，避免踩到。有时我们还会在静园草坪野餐、玩桌游。跟学长姐一起在静园草坪野餐、一起聊学校的老师等等各种事情，是我融入北大的第一步。

从台湾到大陆，从新闻到戏剧

其实在来北京之前，我也考虑过去国外念书。但是去国外读书费用比较高，而且第一年人生地不熟，肯定省不了钱，加上家里还有妹妹在念书，她的学费也不便宜，如果一开学，我们两个人的费用叠加在一起，爸妈的压力就会很大，我不想给爸妈这么大的压力。北大不输给外国高校，而且努力一点还有奖学金，住宿费用跟国外相比，那真是友善的价格。研究生2—3年的一来一回折算下来，北大明显胜出。

　　我本科学新闻，成绩还不错，可以申请北大和清华。准备清华的申请时相对比较轻松，准备申请北大的材料发生了很多情况，比较辛苦。后来，很幸运两所大学都向我发出了录取通知书。在决定去哪边的时候，我想既然在申请北大上付出了很多心力，那就来北大读读看好了。为什么念新闻的我后来开始做戏剧理论研究了呢？我在大四的时候跟了一个剧组，是由吴念真编剧、导演的台湾绿光剧团的《台北上午零时》大陆巡演。那是我第一次深入了解话剧的运作过程，跟着剧组忙上忙下，渐渐地我发现自己被话剧迷住了。而且，不管是影视方面还是话剧方面，很多台湾的技术、理念都在往北京靠拢，不少知名的主持人与制作人都想到北京寻求更大的发展空间，因为北京的人文气息很浓厚，话剧社的发展也很好。所以到北京学习这个领域也算是提前布局。此外，除了兴趣的影响，我之所以改变研究方向也有一些现实的考虑：台湾人在大陆做新闻没有优势，因为身份上的限制，台湾人在大陆想当出镜记者机会不多，想要在中央电视台、人民网、人民日报这种主流媒体找到正式工作，恐怕也不容易。严格说起来，我的专业算是广播电视新闻学，所以对影视的美学方面也有一定的掌握度，加上自己很有兴趣，最后索性改走艺术的道路好了。全部因素都想清楚了，我就申请戏剧研究方向的导师，这位老师在编剧领域硕果累累，我跟着她既可以学到我喜欢的事物，又可以更进一步深入研究以前学到的东西，感觉很好。所以我就选择了在北大学习影视、戏剧理论。

遇见两位可爱舍友

在北大，我和两位大陆的女生住在一间宿舍。进校的第一天，我一觉睡到了早上十点。本来还想自己是不是起得太晚了，结果发现，我的两位舍友直接睡到下午一点。相比之下，小巫见大巫。可能很多人认为，能考进北大的一定都是起早贪黑、死命读书的学生。我本来也有一点这样的想法。但是进校第一天我就发现，这里的学生不是一根筋式地努力用功的人。大家都有着丰富的业余生活，有着非常舒适的生活节奏。我很喜欢我的舍友，她们都是非常可爱的人。我们宿舍在生活中互相照应，性格也非常合得来。合拍到什么程度，有次我化妆包丢了，那时发现我舍友的化妆品都跟我一样。宿舍里有一个女生是超级追星族，她非常喜欢陈伟霆。

刚进宿舍的时候，别人都拿的是大行李箱，而那个舍友却是拿了一袋陈伟霆周边商品，因为她刚看完陈伟霆的演唱会。可以这么说，国内任何地方，只要有陈伟霆出没，我的那位舍友一定会去那里。而且她不仅仅是去看一眼、见一面就回来了，她会花更多的时间去踩点、探班。生活之外，舍友们在学习上也很照顾我。因为之前的学习偏重于实践，所以我的学术能力不是很强，她们给了我很多帮助。另外一个女生，就是化妆品跟我都是一样的那位，是南京大学毕业的，她的学术功底很深厚、很扎实。我们合作作业的时候，她给了我很大帮助。

遇见导师是在北大的幸运

第一次和导师见面就是在面试的时候。那时她是面试官之一，外貌出众、气质也很好，在一群男老师中闪闪发光。她说话很柔，这让我在面试时的压力消散了。可以说，在进北大之前，其实我心里早就认定她了。后来真正进入了北大，我就跟老师说："我可能要拜您门下了。"她说："你选我就是缘分。"在我之前的学习经历中，很多课程都是以实践项目或者是影片来结课。我会拉片、采写、剪片子，但几乎没有写过论文，这使我的学术训练比较匮乏。我跟导师说了本科时候的学术情况时，她回答说："没问题，指导学生是我的责任"。老师说话总是让人觉得很舒服，有时候明明是我找老师帮忙，但老师总能说成像是她找我帮忙。

结果，我的论文真的是导师手把手教会的，在我第一次写论文的时候，导师会把需要注意的事项都为我列出来，并且帮我搭建了一个比较大的框架。我只需要把框架的中间给填满。导师这么做是希望我在写作第一篇论文的时候不要太困难。她还时常把一些不错的文章分享给我，然后跟我一起讨论。就这样，我的导师带着我一步步地走进了学术殿堂。其实很早之前我就觉得老师很像我的妈妈。我的导师是上海人，我妈妈也是上海人。来北京第一年的十月，季节变换，天气要转凉了，导师就问我需不需要一床暖点的被子。后来她还送我帽子、耳环、化妆品等，别人听到了简直不可置信。导师不仅在学习上给予我帮助，在生活上也给予我关心，这常常使我觉得她真的很像我的妈妈。后来发生的一个事情，让我和导师的联结更加紧密。那天，我突然接到外婆走了的电话。挂掉电话之后，我只想赶回去奔丧。我去找导师请假，向她说明原委，她先安慰我半小时，然后就催着我赶紧回去了。缺席的那一周，我本来有个很重要的报告，但老师对我说，失去家人是一件很悲痛的事，她会去帮我跟那个学科的老师商量、重新排期，希望我回来再好好做学术。隔了一段时间，我才知道在我外婆去世的同一天，导师的父亲也被查出来肺癌晚期。她那一周本来准备要请假回上海照顾她的父亲，但因为我这个助教回去奔丧了，课程又不能耽误，所以她就没能回去。之后的每个周末，导师都会回上海照顾父亲，有课的时候再回北京上课。大概也正是因为她自己这么重视亲情，所以那时才会让我先回去送外婆吧。导师不愿意跟别人讲她父亲的事情，但她却会对我说。她不介意在我面前表现出脆弱，她也陪我度过失去外婆后那段难过的时期。我们在同一时期都遇到了比较悲痛的事情，所以我们之间的联结可能比一般的师生关系更加紧密。遇见我的导师，是我在北大的幸运。

北大 120 年，我想说的话

我是北大一个小小像素，我很荣幸能在这里度过我生命当中的一段时光。感谢北大给我的所有回忆。

（撰稿：农晓玲）

眼里北大与台大

2018 级经济学院交流生　游智涵

印象北大

我是就读台湾大学经济研究所，2018 年到北京大学当交换生的游智涵。我觉得四个印象深刻的感受：第一是"牛"，因为这里每个人就是散发出一股让人觉得他们什么都会的气质；第二是经过几次上课后发现，老师所布置的作业，本来我觉得自己做得还算不错，可是我的北大同学里总会有人能做出更令人惊艳的报告；第三是"未名湖"，未名湖是北大的观光胜地。"未名"就是一个还没有具体命名的名字，这让人的想法可以有很多种延伸，是一种精神；第四是"学习的殿堂"，在校园的日子，有一种强烈的感受，就是高手如云。因为录取率低，这里真是聚集各地"尖子"，能跟来自

| 我在北大的日子

各地的精英在校园里相互切磋，那真是一种把学习发挥到极致的感受。

选择北大

台大有很多交流的机会，我选择北大最主要的原因是好奇。我在台北实习的时候，通过与实务接触，深刻感受到全球金融环境收紧，新兴市场风险加剧的变化，但是大陆按照自己的节奏，已经成为世界第二大经济体，经济影响力也逐渐突出，我开始思考"为什么"。这些存在心中的疑问，通过书本是找不到答案的，所以当台大有大陆的交流机会时，我没有选择去欧美，而是来到大陆。一般人想到经济，首先会想到上海，我来到大陆没有选择去上海，主要是觉得上海跟台北很像，文化差异带来的冲击感对启发我的思考很重要。此外，北京大学是排名第一的学校，如果能跟最好学校的学生交流，我觉得对于解决自己心中的疑惑会有很大的帮助。最后还有一个原因，我的亲戚在大陆工作，听他说大陆工作的机遇与挑战都大于台湾，所以趁着年轻，我先放开手边的一切，到北京来体验。

北大生活：人多、天气、大

重庆面积是台湾的 2.28 倍，人口是 1.32 倍，从数值看与落地生活是两回事。2017 年我曾经到重庆学习，当时对重庆的城市印象就是"人多"，尤其是地铁里面更是拥挤得像沙丁鱼罐头，是人跟人都是贴着的那种窘状，后来到广州也是如此，就留下了到人多的城市很"可怕"的印象。但是，来到北大生活一段时间后，我觉得自己对"人多"的"害怕"有了不同的新思考。我的想法首先是解决问题——"通过调整作息来抵消人多的低效率"。北大校园相当大，但其实大家都是按照学校规定作息，所以生活节奏相当一致。每逢下课、放学等时间，地铁、公交、超市、商场、食堂等，走到哪里都是人挤人。但是，只要有意识的避开高峰期，吃饭就可以是一件很惬意的事情。其次，方法可以带来心境的转换，心境转换可以带来更高的学习效率。错开人潮高峰期之后，开始慢慢体会校园生活，人多这件事情，可能不一定完全负面，从统计学的角度来说，人口基数大相对优秀人才的绝对数量也就多了，此外，人多意味着市场就大，商机也就多。人多既然无法改变，那就改变心态接受事实。从这个延伸到另外一个北京常被提到的空气质量问题，通常新闻会报道北京的空气不好，实际上我到北京的时候天气都蛮好，北方与南方天空感觉不同，北方空气湿度低，云层位置高，在空气透明度好的情况下，会显得比南方天空"更高"，所以我就觉得天气不是什么问题了。倒是很期待北京的第一场雪。因为在台湾想遇到下雪，通常都得是霸王级寒流来临，在北京冬天可能稍微冷一点就会下雪。

校园生活与校外生活感受与台北差异最多的就是"大"。上周有事情得回台北，我计算了一下时间，从宿舍出发到机场，避开高峰期的情况下，要提前三个小时。首先，出门前要先看当日的车流量，大约提前一个小时从宿舍打车，打车也要看一下用车情况，因为我们附近是中关村，车很多但是叫车的人也很多，所以提前预约叫车相对保险。北京的三小时跟台北的三小时可能情况不一样，我说的北京三小时是车子不停地跑，中间不包含走走停停的情况，在台北可能已经开到新竹的概念。接着，到了机场又是大。首都机场拥有三座航站楼，是大陆最大的机场，2018 年的人流量超过了一个亿，作为一个亿分之一的旅客，可以想象自己有多渺小，北京有多大。前面说了，多数人印象就是北京大，人又多，所以其实符合心中期待。但是有一个情况是很少人体验过，就是北京大、人又少，校园空荡荡。北大平时虽然人声鼎沸，但是每逢假期学生离校后，白天还有游客，到了晚上的校园就真是人烟稀少，特别是学生宿舍。不过，这时候还有一个"热闹"的地方，就是北大的图书馆，那里永远都会有人在勤奋的学习。其实台大与北大的校园里都有灯火通明的地方，台大有个图书馆是二十四小时，因为平时人也多，所以我经常半夜三四点去，北大不同于台大的地方是只要有灯、有桌椅的地方，就会有人在那里坐下自习。

到北大以后的改变

到北大后我觉得自己有些改变，主要是时间管理的改变，过去在台大会相对慵懒，不管做什么事情随意性比较高，如：下课十分钟先买杯饮料再买包饼干，然后去上课。但是在北大休息十分钟里非常忙碌，提问、喝水、洗手间，还要提前去下门课的教室占位置，否则可能要站着上课。北大校园里，通常到场人数都会大于修课人数，旁听的人很多，而且旁听的人还会积极参与和老师的讨论。从上课、下课之间就影响了我对时间规划的重新思考，人生有许多说多不多说少不少的十分钟，看到别人都把十分钟用好用满，这是我在北大校园里获得蛮重要的启发。

寄语未来

寄语未来，我想对 10 年后的自己说，还好有来北大，不然可能一辈子没办法脱离舒适圈。这段时间里，光是生活、学术就有很多启发，其他对视野与人际交往就更多是意外收获。对于北大，我也想说，很幸运有机会能在全球名校里遇到许多优秀的朋友，然后去认识自己，感谢所有的一切相遇。

（采访：黄裕峯　撰稿：黄裕峯）

体验真实的大陆

□ 2013 级哲学系　张锦芬

　　我从小对大陆就感到好奇，觉得这是个神秘的地方，一直想要到大陆看看，但忙于工作，直到读博士才有机会体验真实的大陆生活。

北大的舒适生活

　　我本科就读台湾大学的农学院，毕业后我就去美国继续读研究生，主修是环境科学。其实我读书有点随意性，选择专业的跨度很大，到北大读博是在哲学系，不过我们通常说的博士，泛指多数学科的博士毕业生，也就是俗称的"Ph. D"，其源自拉丁语"Philosophic Doctor"，字面上翻译就是"哲学博士"。所以，我这个博士学位也算是把自己在不同交叉学科的知识一起做个总结。我始终怀着对大陆的好奇，又觉得只靠旅游期间所认识的大陆，相对长住的了解来说比较浅薄，但是没有目的的长住，又不知道如何给自己一个解释，想来想去读书是个很好的选择。选择北大是很自然的事情，首先，哲学系并不是每个学校都有，或许其他校院也有，但却不知道他们的具体情况；其次，北大作为中国第一学府，知名度很高；再其次，我从小看的书里，都有提到北京大学，北大无论是从个人记忆或是现实中的生活联想都与我有很亲近的联系，所以我没有考虑其他因素，就是一心一意选择北大。很多台湾人听到北方的天气就望之却步，我不但没有感到任何不适，甚至更喜欢北方，因为台湾海岛型气候太潮湿。我在国外生活过很长一段时间，面对大陆性气候已经摸索出适应方法，其实只要知道怎么穿衣服，冬天看似寒冷的低温实际上比南方舒服，唯一不习惯是北京的空气不太好，对过敏性体质的人生活不友善，其他都很好。现在北京发展起来了，校外可以租到很好的公寓，有些境外学生抱怨宿舍硬件不好，洗澡不方便就去校外租房子。我在校园里住得很愉快，首先我是女生，北大从进去校园就要检查证件，宿舍管理严格，让我觉得这里很安全。另外，学生宿舍的视野也很好，校园景致一览无遗，能在北京有个这样的小天地，北大已经提供了我足够的空间去做自己想做的事情。毕竟我是转专业读哲学，这个学科虽然不陌生，但也有很多需要补上的阅读，需要空间去思考很多人生的事情，当然还包括写论文。

北大的便利生活

我读博士的这几年都住在畅春园，坦白说我很宅，大部分时间都留在宿舍里学习与写论文。北京的外卖很方便，价格亲民，快递小哥的速度也很快，送来的饭菜都是热乎乎，冷菜或饮料也是冰冰凉凉。当然，我身边的朋友会告诉我外卖的餐饮不健康，其实我觉得只要挑选具有高知名度的品牌，那些有店面的商家，还是可以吃得很健康。我常点餐的一家店叫"花家怡园"，看地址好像是在圆明园里面，其实我到今天一次都没去店里吃过，但却经常叫他们家的外卖。通过支付宝、微信这些支付系统所发展出来的宅配，真的很方便。感受到大陆电商的发展，使得买东西又便宜又方便，改变了我的生活方式。

北大的好朋友

因为我是转专业，所以必须花很多时间把基础知识再夯实，还要旁听很多课，看很多书，所以我很少出去参加活动，不算校园里的活跃分子，我熟悉的人都是系里同学和宿舍周边的舍友。我住的宿舍有三位楼长，他们三人二十四小时轮替换班，因为我大部分作息时间都在楼里，所以很自然都会主动跟她们打招呼，日子久了，大家慢慢变熟悉，变成朋友一样。有的人认为楼长整天盯着自己，感觉管很多，带来住宿上很多不方便，也不舒服。但是对我来说楼长与室友同等重要，我认为楼长是从管理人员的角色出发，通过跟我们打招呼进一步相互认识，可以避免宿舍有闲杂人进进出出，相当于随时注意我们学生的安全，避免事情发生，更多的是在帮助我们。我在宿舍时间长，所以跟他们的互动相对多，其实他们真的很辛苦，大家将心比心，时间长了楼长也慢慢变成我在校园里的好朋友。我遇到的北大学生真的都很聪明或者说一定有某个长项能让自己脱颖而出。比如说：我选修法语课时发现同班同学能非常快速地把单词都背出来，她们有的人是天生记忆力很好，很擅长背诵；有的就是靠着勤奋努力追上进度。因为大家又聪明又认真，所以老师上课进度也很快，选修这门课的学生几乎都不会掉队，大家随时都处于备战状态，一起朝向共同的学习目标，这种"革命情感"也让我在校园里多了一些好朋友。在北大的这几年，我觉得自己最深刻的变化是思维上的改变。以前觉得大陆很遥远，真正来了之后，遇到这里的同学朋友，长期相处下来会用当地观点去理解大陆，也会用大陆的观点看世界。大陆、台湾和西方都有差异，站在外头看与在里面生活，视角就会不一样，视角不一样，想法就会不一样。这种思想的转变，让我把一些东西想透，把蒙蔽的东西解除掉，思想更自由，人会更快乐。

学习上的挑战

我在校园里并不是所有事情都顺顺利利，当初选择哲学系的时候没有思考太多，后来才发现要花很多时间。因为本科、硕士都不是读哲学，对佛教也是感兴趣，较少从学术的角度去了解，所以很多知识点掌握不充分。我在写论文的时间上应该是比别的同学还更久，我自己概括是边写边学、边学边写。这样的情况从修课、综合考试、开题、写论文、预答辩到答辩。我一直兢兢业业，希望不断地完善自我。因为对研究宗教很有兴趣，加上以前曾经体验过打坐，也与佛教净空师父有过交流的机会，我在北大哲学系主要是从事宗教专业佛教方向的研究，论文题目是关于佛教《阿含经》里面的《世纪经》。这个题目是基于每学期末所写的小论文，我请导师帮我指导哪一个题目比较合适，我的老师考虑各种情况后选了一篇可行性比较高的，就当成我的论文选题，然后就展开来写。但是到了预答辩的时候，我觉得论文写得不是很好，老师对我提了很多修改意见，所以从预答辩到答辩，我整整花了一年的时间重新调整。我的导师很仔细，帮我从目录大纲重新修改，我根据老师的指导，追加阅读了很多研究材料，把文献找全阅读，在研究综述这块就花了很久的时间，幸好佛教的资料都是公开的，很少遇到付费的情况，还算好找。我也借由这篇分享文谢谢台湾出版佛教电子化的某出版社。为了完善论文，我花了很多时间在文献探讨，做完文献回顾后，发现自己的想法也出来了，问题意识更清楚，可以写出一些自己的东西，而不再是单纯整理资料，综合归纳。

寄语未来

至于后来的台湾求学者，我有一句话想送给大家："态度上不卑不亢，学术上勇猛精进。"不卑不亢，是因为毕竟从台湾来，对大陆的认识或多或少会与心中所想不一样，把自己放得太高或太低都不合适。可以学习多用智慧观察事情，不要让差异在内心产生冲突，用生活的智慧对待所接触的人、事物。所以在学术上需要勇猛精进，北大有非常用功努力的人，来到这里的环境，原本松散的人都会变得努力，学术和思想都会有进步。

（撰稿：刘桂超）

北大求学改变我的一生

□ 2003 级艺术学院　张若梅

　　我是 2003 年在北京大学念艺术硕士，之后到北京中医药大学念中医博士，再到奥地利维也纳大学哲学院做博士后研究，在境外待了好多年，再回到台湾。其中，在北京共待了 8 年，也就是从 2003 年非典疫情消退前到 2008 年举办夏季奥运会，我在北大的日子应该可以说是病毒席卷的恐慌尾声到躬逢其盛的日子。我觉得在北大、在北京生活很可能改变一个人的人生路径，因为站在北京是站在中国的前沿，胸怀世界。

　　到北大求学的原因说来话长，但理由却很简单。到北大之前，我在台北市的霍克艺术会馆担任馆长，我们艺术会馆有近一万名会员，专营国际及大陆艺术家的作品，同时也从事海峡两岸和法国文化艺术交流的工作。近十年的工作让我觉得必须为自己注入些源头活水，为自己人生下一阶段寻求新的目标。向往所谓"休耕"（Gap Year）的生活模式，让自己充充电。充电有很多种方式，如：培养新的兴趣、旅行或读书等，都是很好的选项。曾尝试去旅行，但是觉得这种方式或许短时间能放松，但不能用较长的时间沉淀自己；其次是过上一种让自己能乐在其中的生活方式。思来想去，最后，我选择了重返校园，努力进入北大。

北大虽然是百年老校，但朝气蓬勃，这里可以感受到校园与大自然的和谐呼吸与时代的脉动。生活在校园里，每天看着未名湖和博雅塔。未名湖相当于是北大的水，是北大的血液；而博雅塔是北大的筋骨，两者是我构建北大印象的骨肉血脉，有骨有肉有血，也是我所感受的北大的精神所在。当时住在勺园，相传是明朝的书法家米万钟的园子，我们住在那里，感受到自己和传统文化的脉动同频共振。在勺园扎扎实实地生活的那些年，和同学之间亲如家人，生活上彼此照应，学业上相互切磋勉励。

如果问我在北大的求学生活和在台湾有什么不一样的地方？我觉得第一是大；第二是宿舍生活。说起北京的大，没有在这生活一段时间真是无法想象，地方实在太大了。通常在台湾的公交车大约 500 米就有一站，而在北京，公交车的站与站之间距离要大得多，记得刚到北京时，我们在路上问老大爷说要去哪里哪里、该怎么走。老大爷说："很近，就两站地"。我们就傻傻地往前走，结果走得腿都要抽筋了还没到。北京人口中的"很近"定义跟我们的体会大不同。求学期间造访过西藏、长江三峡、云南、东北、江南、华北等许多地方。大陆很大，每个区域都有它的特色，给我的感受很深。因为我们在台湾出生长大，当自己有机会深入大陆生活一段时间，对我而言是很大的冲击和不同的感受。每一次旅行，在不同的空间里，感受历史，预见未来。另外，就是住宿。通常在台湾念书是一部分人住校，还有一部分人会在外面租房，一部分人住家里。而在大陆求学，几乎全部的学生都是住校。北大的学生又来自全国、甚至全球各地，几乎所有的人都住校，所以同学之间、师生之间的互动就会比较多。这样的学习环境特别珍贵。

我在北大有太多太多印象深刻的人与事，到北大求学的那段时间改变了我的一生。因为在北大有幸认识了很多好老师，我的指导教授丁宁，研究专长是美术学、艺术心理学，他的学识广博，开拓了我的视野。还有位朱良志老师，他用传统文化最核心的《易经》来解释美学，让我感受深刻。受到恩师们的启迪，我也尝试从传统文化切入对于生命的探讨，这样的选题一定程度影响了我人生的后续发展，我坚持从传统文化入手，去探讨更多的东西。在这个领域，可以走哲学、可以走艺术等方面，而我选择了相对具体的传统医学作为突破口，包括了后来再选择中医领域都是在北大求学期间的体悟，北大引导了我的人生道路，一生获益。

在北京的时候，我可能和别人不一样，别人心里明白自己想要什么，专门针对性地去学习，而我则是想着，这个环境能给我什么，我就尽量吸收，去感悟，调整自己，再出发。所以那段时间，我的身心都是很放松的，我就是去观察，去感受那样的氛围。北京中医药大学毕业时，很幸运获得欧盟的奖学金，所以离开北京以后，去维也纳大学做了一年的博士后研究。在北京待了那么久，让我找到了人生下一阶段的新目标，我觉得中医对我们每一个人而言都非常重要，所以我回台湾之后根据自己所学，开始着手设计课程，在多所社区大学和其他地方做推广和教学。我现在在新店崇光社区大学、台北市内湖社区大学、长庚养生村等社区大学授课，传播传统中医养生的智慧。

北大 120 周年校庆，希望母校蒸蒸日上。北大代表了整个中华文化的传承和发展，中华文化的创造转化之路，我们每一位北大人任重道远。

（采访：黄玉明、撰稿：丁莉）

有障碍也不离开

□ 2015 级元培学院 张翔

2018 年，我大四，在北大这段时光，让我注定难以忘怀。

社团与好友

回到 2015 年的时候，我刚刚踏入北大的校园，还是一个"小萌新"时，学姐拉我进了学院的排球队，比赛让我们忽然熟悉起来，大家一同训练，日日夜夜一起奋战，为了共同目标而努力拼搏，培养了我们的革命情感，在排球队，我收获了一群很要好的朋友。社团对我在北大的帮助很大，一方面扩展了我的人脉，一方面帮我积累办大型活动的经验。我觉得社团是一个加速融入北大校园生活的方式，社团在我的北大日子里占了很大的部分。大一时加入了两岸文化交流协会，从最小的部员，慢慢接手担任外联部部长，再做到交流分会副会长，通过社团活动让我可以接触到很多朋友。原本高中接触的面比较窄，到了大学忽然变得面向很宽，本来还有点生涩，但是社团锻炼了我与人交际的能力，自己这几年成长很多。不过，大陆与台湾学生之间有很多共同点，如：语言，但仍然有许多不同的文化与价值观，协会的会员有 5000 多人，我认识了很多海峡两岸的学生，但心里还是想找到"心灵契合"的朋友。自己内心也知道要融入本地，但是有时朋友还是存在些差异。特别是初来乍到，很多事物没有集体记忆，大家谈不到一起，看的电视不一样，喜欢的运动不一样，连出去吃饭选择也不同。幸运的是到大二的时候，我在排球队就遇到了这样的好朋友，我们不同学院，但是都来自台湾。在排球队遇到老乡，可以一起学习、互相倾吐，觉得很开心、快乐，这段时间是我人生中很不一样的时期。

总会有小障碍

校园生活有开心，但也有让我沮丧的时候。2018 年暑假某一天实习完回宿舍，我肚子饿，打算骑车去买宵夜，因为车子动不了，我才发现电瓶被偷走了。北大的安保其实很严格，但还是会有漏网之鱼。我跑去警察局报案，才发现监控系统夜间看不清楚，连女生宿舍那片区的监视器也没有红外线装备，晚上什么都看不到。没有蛛丝马迹，自然找不到嫌疑人，我心里觉得很不舒服，但大陆同学遇到类似情况的反应似乎没有我那么强烈，多数就是丢了再买，不太在意这样的事情。朋友们也安慰我，就算看到脸了，偌大的北京，人海茫茫如何揪出小偷。校园里的自行车、电动车电瓶失窃也一直是校保卫处头疼的问题，保安虽然人不少，但校园更大，管理确实也不容易。

与台湾相比，大陆大很多，这也是我来大陆念书最直观的原因。北大作为知名度最高的高校，排名处于"说第二，没人敢说第一"的情况，毕业后能让自己更有竞争力，这是我到北大来的原因之一。我在元培学院也涉及经济商管类的专业课程。大陆14亿人口是有目共睹，在这里人口意味着市场，当消费力起来了，各种机会就伴随而来，对我而言很有吸引力。在北大，还能培养出台湾高校较少有的国际观，因为这里有联合国国际组织的实习机会，而这样的机会在台湾，因为种种原因，可能会非常少。北大的外国人也很多，来授课的教授、来读学位的留学生、各种身份前来交流的人，透过学校提供的机会与环境认识世界，也是一种特有的校园学习。

北大校友好口碑

当初是父母鼓励我来大陆，小姨在大陆有做生意，知道我要来北大也很支持，她告诉我很多大陆的情况，我印象深刻的两点就是"大陆发展很快"与"机会很多"。来了之后，也去了不少地方，发现大陆各地差异也很大，光是上海、深圳、北京就不一样。北京的节奏真的如小姨说的确实很快，也确实有很多机会。不过，想来北京发展的人不是手指头能数出来，每年动辄上万人应聘，竞争非常激烈。很多人竞争的时候，北大身份就是我向外竞争的优势。我去今日头条面试时，面试官正巧也是北大校友，我们有"集体记忆"，大家共同语言比较多，面试气氛很好。我想，就算不是北大毕业的其他面试官，华人圈对北大毕业生的印象应该都不错。北大文凭是敲门砖，但面试官除了看毕业的学校外，也要考察个人的实践能力。他们好奇我过去在台湾的经历，为什么要来大陆？来了有什么改变？但他们不会把我跟大陆的学生区别对待，这几点给后来的学弟妹们就业时参考。

为理想前行

2018 年是我在北大的第四个年头，在前三年里，我的知识量变多了，视野拓展了，也遇到了许多好友，人生许多观念多发生变化，我喜欢台北，但台北不是世界中心，各地的进步与变化都不是只在台湾就能看清楚的景象。举个例子，我实习的单位今日头条，在这里可以感受到企业庞大的规模，只是总部就足足有三四千人，如果加上分部恐怕上万员工了。我实习的期间，苹果总裁库克来到我们公司跟 CEO 做交流。我经常会想，如果在台湾会不会有这种机会，如果没有应该怎么办？如果有又有何不同？或许这也是台湾人到大陆读书会思考的问题。但大陆也有一些和台湾不一样的地方，比如 7 月初，我生了一场大病，看病的体验使我觉得医疗系统还有进步的空间。那天我吃完宵夜后，胃痛直到早上，去医院检查被告知是阑尾炎，必须立即开刀。在医院的时候，其实我已经疼到站不起来，但还得到各个科室做检查，医护人员也相对冷漠，没有台湾医院的温馨。患难见真情，还好我的两位好朋友一直在身旁照顾我，真是太感谢他们了。这件事情发生后，有台湾的朋友问我："为什么不回台湾？"说实话，这件事对于我来讲是确实有点影响，但还不足以"吓跑"我。生病做手术只是人生中的小概率事件，对我影响不大，大陆对我而言，还是具有吸引力，毕竟我高中毕业就到这里，都还没开始实现理想，怎么会离开。

我在北大即将走完第四个年头，而这和她120年的历史相比可能微不足道。但我想对自己说，加油，不管遇到任何困难，都是上天给你最好的安排。同时我也想给看到这本书的人说，不管未来变得怎样，一定要找到适合自己的位置。因为世界很大，只要不局限于生活的地方，多出去走走，总会有意想不到的事情发生。

（撰稿：郭宸）

感受差异并前行

□ 2000 级法学院　赵世聪

北大一直在身边

我在台北出生，因为原生家庭有点像大陆的军区大院或公务员家庭，总是会随着父母亲的工作安排而移动，所以我搬来搬去。我小时候是外公、外婆与爷爷、奶奶带大，所以在上小学之前曾住过彰化与桃园，之后除了读初中在桃园外，小学到大学及当兵都在台北。我从小就听说北京大学，但真正有印象应该是小学时读到民国初期的小说，长大一点到上初中的时候，历史课本里都有提到这所历史悠久的高等学府。不过，上世纪七八十年代的大陆处于特殊时期，关于大陆的消息我们在台湾没有正式渠道去了解。所以，来到北大之前，关于北大的现代印象是空白的。

我在1993年考上了台湾大学，主修哲学。台湾当时已经开放大陆探亲，大陆也有比较多消息出来。当时有一份报纸上刊登了北大所招收的港澳台学生在校园里生活的情况，我的姨丈把剪报给我看，建议我如果对历史古文或哲学感兴趣，可以把北大当作未来考研的目标方向。不过，我本科的时候并没有特别留心这个，因为上世纪八九十年代的台湾相对于大陆是富足发达的地方，所以大学生要留学，尤其是台大学生，都会像现在大陆985高校毕业的学生一样，选择欧美的大学继续进修。我有很多同学与学长都去欧美的大学了。所以当时我没有很认真思考这个问题。直到1999年我服完两年兵役后退伍，回台大遇到我以前的老师张志铭教授。他要去北大做交流，参观新成立的北京大学马克思主义学院社会发展研究所，并邀请我一同前往。我便和他一起去了，随行的还有我的表弟。接待我们的是所长徐雅民，他还请了当时北大的一位副校长来谈话，在谈话中提到北大有对港澳台招生，建议我来念法学。因为这个机缘，我才开始考虑进北大。从本科学习的哲学跳到民商法对我而言并没有很吃力。我一直觉得文科的东西都是相通的。哲学注重语义逻辑，本科的哲学思维训练有帮助学习法律。如果我去学理科思维的一些科目课程，或许就会比较困难吧。

我在 2000 年 9 月入学，求学期间比较"坎坷"。2003 年遇到俗称"非典"的重症急性呼吸综合征。非典时期学校集中管制，不允许外出。有些台湾同学在风声刚起时就跑回台湾了。学校每天都会安排人来消毒，我印象中比较严重的时期，学校有停课一小段时间。当时我在网上看新闻，那些感染死亡人数都很高，心里便有些恐慌，不过两三个月之后，事情就慢慢平息了。后来又因为一些个人因素，拖到 2006 年才从北大毕业。求学时我住在勺园 4 号楼，第一年两个人住一间，当时我的室友读博士比较忙，很少回来，没多久他搬出去后又搬进来一位台大的师弟，他因为事业忙又在外面租房住，于是多数时间是我一个人住一间。那时厕所是公厕，一层楼只有一间水房。但对于当时的大陆高校来讲，条件已经很好了。大陆同学需要用水票去澡堂洗澡，到我离开时，已经用水卡插卡计费了。这是很大的一个变化。很多年后我作为国民党内有个类似共青团主席的这样一个职位的干部，每当来北京做交流时，都会特意回母校看看。2012 年我去清华上学的时候，也经常骑车绕来北大看一看，不过勺园 4 号楼已经改建变化很大了。

北大上学和在台大不一样

在学习方面，也有一些差异。在台大实际上大概有三分之二是走读生。台湾的大学学生住学校比较困难，想住还不一定有宿舍，基本上家要离学校超出一定距离（大概50公里）才有权利去抽签。而北大学生都住宿舍，甚至连校工都住在学校内。北大校园也是一个生活圈，即使不出学校，里面有医院、超市，衣食住行基本上不出学校都可以。这个给我带来比较大的文化冲击。因为台大的校园是比较开放式的，围墙比较少。所以在台大时跟学校的联系比较少。加上我们大都是走读生，所以读书自习不一定需要在学校里的图书馆或者自习室进行，加之台湾宗教社团比较多，尤其在学校里面，如果你在学校教室自习，就会有人来给你传教，会打扰到学习。

争取台生大陆学历承认

在课余时间，我参加了台湾学生圈里自发性组织的社团——台生会，即"台湾留学大陆青年学生发展协会"。台生会实际上是想跟台湾当局争取承认我们学历的一个组织，所以我们是在台湾那边立案的。我们在北大实际上更像台湾同学之间互相帮助的组织。我是协会第二届的会长，和社团成员一起努力组织和参与跟台湾方面争取不要歧视大陆学历的活动。从北大毕业之后，我回台湾加入国民党，选上党代表和中央委员，并担任彰化工商发展投资策进会总干事（彰化招商局长兼中小企业主任）这个工作。我认为人文社会学科，除了会计律师等等需要执照的，很多是互通的，所以人文学科的就业面向也非常广。但是和我从事的工作正相关的并不是我的学历，而是我参加了台生会。很多台湾人从政都是从学生运动或者社会运动开始的。在台湾，从政有两种途径，一种是通过公共体系考试的，叫公务员，是事务官。依选举而上下的叫政务官。我会去当总干事也是依靠这种活动经历，加上我是学民商法的，对商务法律比较了解。加之我在北大求学时期，住对面的师兄是彰化县长的弟弟，也是我在台大的师兄。我和他从事政治活动的理念比较合拍，他就找我去当这个总干事。后来台湾当局出了一个规定说，2010年之前在大陆拿到的学位，回台湾要接受笔试、口试和论文重新审查，审查之后才能被承认。有很多符合条件的学生都不想参加。因为规定里有个歧视条款，如果审查不通过，那么这个学历终身都不能在台湾被承认。一个师弟，他是林毅夫的学生，跟我说："二三十年来，在台湾没有对国际金融有大影响的人，没有人当过世界银行的副行长，我的论文是世界银行副行长审核过的，那现在到台湾，有哪个教授可以审查我的论文。"而且我们听说，政法类的通过几率特别小。也就是说当时我们做台生会争取的目标只完成了一半。

北大精神传承下去

学术谈论在台大是比较宽松的状态，所以来北大之前，对其的自由包容是没有预设程度的。并且我没有深入大陆其他高校。但法学院的老师，例如贺卫方教授，讲学的尺度是可以很大的，比社会上当时的言论尺度还要大一点，包括对学生思想自由的促进包容，不会比台大差。现在我在清华念博士，可以明显感受到，在博士时期发表的文章，对于未来在学术界的前途有很大影响，而且我念的是宪法，是公法的范畴，因而有些东西在大陆是不能发表的。在这方面跟台湾就有落差，台湾基本上没有什么限制。这样反推我以前在北大的时候，事实上我会觉得，北大相对大陆其他高校而言，确实可能是比较自由开放和包容。

北大已经建校 120 周年了，"兼容并包，思想自由"还应该是北大一贯的传承，对于一个学术研究单位，这是非常重要的。因为近代以来，工业革命或者文艺复兴启蒙思想，欧洲人文化科技超越中国，很大一部分原因就是学术上的解放，这对于一个文化和文明的发展是有帮助的。所有的学科都是用来解决人类宇宙各种各样的问题和方法。解释和解决的方面有很多种，那不能守成着一种，以后再也不会有更好的。学术思想一旦封闭了，不进步的话，事实上就完了。所以我一直认为"兼容并包，思想自由"这种精神很好，希望以后北大还是这样。

感受差异努力前行

想对来北大或大陆其他高校求学的台湾学子说：我觉得到任何地方，第一个是要有包容的心。就像很多大陆学生去台湾一样，好处是语言共通，适应会很快。但是两岸毕竟不一样，如果很细致地体会那种生活，会发现观念等等会有不一样，这时候需要互相包容的心。但我们早期来的时候，当时台湾生活条件比较好，有些台湾学生来到北大之后，在物质条件方面会有些受不了。现在大陆发展很快，台湾学生来大陆，尤其在大城市，比如北京上海，生活方式会很不一样。比如大陆都使用微信和支付宝，在台湾由于金融体系的保守，这方面发展比较慢。所以要主动去适应去克服生活的不一样。然后主动去交朋友。第二个凡事往好处想。要虚心，不要带审视的眼光。如果去到一个地方，不去看这个地方的优点，一定是会很痛苦的。既然是自己选择来大陆念书，那你不能遇到点挫折，就去看一些坏的方面，心里越想越难过。

（采访、撰稿：刘桂超）

北大环境激发潜力

□ 2001 级经济学院　周呈奇

　　我从台湾东吴大学毕业，1997 年—1999 年期间在英国伯明翰大学取得硕士学位后，继续留校攻读博士学位。但在博士生第一阶段因为父亲投资失败，家庭经济紧缩，无以为继在英国的学费，所以就回台湾。我内心很渴望能继续经济思想史领域的学习，当时曾考虑报考台湾大学的经济学系暨研究所，1968 年开办的博士班，培养出的人才遍布了台湾学、商、政各界。不过，台大的微观（个体）、宏观（总体）、计量与国际接轨，也发展的很好，但在经济思想史并不是主流，反而大陆在这个领域比在台湾更重视，特别是相关著作的翻译量很大，比台湾的研究环境好，甚至可能比日本还好。所以，我就决定到大陆读经济学博士。2000 年前后，清华的经济管理学院是很优秀的商学院，但考虑到北大图书馆藏书资源丰富，不管一手资料、西文文献还是翻译图书，既有本土积累，也有外国文献，应该是改革开放后建立最完整的学术科研参考体系。另外，我想起当年在英国的时候，指导教授巴克豪斯曾对我说过，他的专著被北大经院好几位老师翻译。而且，英国很多相关领域的学术成果也都是由北大出版社翻译后出版发行，特别是我所感兴趣研究的经济思想史领域，北大是强项，也是国家的重点学科。还有一个关键是北大有奖学金支撑，让我没有后顾之忧。综合起来学科领域和自己对北大的兴趣，这是最好的选择，就确定自己的目标，2001年到北大读经济思想史博士。

当时北大要走港澳台联合考试，考的是微观、宏观、经济思想史还有英语，考试地点在北京。我刚开始也不知道怎么准备，台湾相关信息不多且无法确定准确度，就想办法联系了赵靖老师和石世奇老师，直接到北京了解情况。他们对我在台湾、英国两地都待过的学习经验很感兴趣，觉得我的学科背景适合念这个领域。印象深刻的是考试题目跟英国接轨很深，我在伯明翰大学使用的宏观经济学教材跟北大经济学院的教科书完全一样，唯一区别是在英国读英文版，在北大是中文版。另外，在大陆学习与想学习经济学的人很多，各学科群很多元完整。因为学术共同体的基数大，形成一个以中文为体系的经济研究圈子，这个不同于以英文为主的国际期刊发表学术圈，也有很多以母语写作的优秀研究论文，使得学术碰撞出更多火花。当然，诺贝尔得主或经济学知名学者在百年大讲堂讲座也是令人印象很深刻，比在台湾高校接触的机会更多，对我后来的总体发展都有很大帮助。

虽然在英国已经学习到博士生阶段了，但我在北大时英文还是下了很大功夫。考上北大的学生都很聪明，英文好得不可思议，无论是文法、句型或词汇都能很好地用英文表达，对我来讲冲击很大。语言之外，同学们的逻辑很好，讲话缜密，框架体系清楚，可以说又是天才又很努力。当他们越好，也会激发让我越努力，所以我在北大的日子里就是很努力。因为本来就知道北大的学生很优秀，进入校园学习后发现自己的同学很努力，"优秀＋努力"促使我向上提升的动力、潜力得到最好的激发。包含后来去了南开大学担任教职，在北大所学所见所闻对我来讲帮助很大。

留在大陆教书这件事情有很多人生的意料之外。当时没有明确台湾人取得学位后可以留在大陆工作，毕业除非回台湾或其他地方，否则几乎等同面临失业，我们可能是第一批或较早留下来担任教职工作的台生。当时是比较尴尬的情况，没有一条明确的出路。但是遇到很多宽容，也有很多挫折，不知道将来会怎么样，我们碰到的就是那个时代。不过这些当年的问题现在都不再是问题，已经见到很多台生变成老师，也有台湾博士到大陆任教。

留在大陆的原因每个人都不一样，但是有很多人跟我相似是因为两岸婚姻。北大的老师告诉我："大陆培养一个博士不简单，你把她带回台湾很可惜，所以还是留在大陆吧"。台湾对大陆学历的确存在一定的偏见，不过，台胞在大陆找教职也存在一定难度。在那个时期，我递出很多简历，唯一接受我的就是南开大学，条件是先做二年的博士后研究员，正巧我太太也找到天津财经大学的教职，在没有其他选择情况下，唯一选择就是最佳选择，应该说是最好的安排。当然，在时代语境下，如果没有我的老师帮助，恐怕连"唯一"的机会也很难达成。赵靖老师是学科奠基者，他是燕京大学本科，硕士是在南开大学经济学院，赵老师对我去南开非常重视。而我的指导教授石世奇是南开中学毕业，与南开大学是同一个体系，他们都跟南开有渊源，所以对南开认识我有很大帮助，在无法知根知底的情况下，凭我个人应聘是很不容易的，如今一直感念着我的老师们。

北大 120 周年，我希望母校继续保持优良传统并在国际上引领前沿，培育更多的优秀学生。我们的排名在国际上还没有达到最顶尖，未来希望北大能变成跟常春藤名校一样，能有更好的地位，全球学术话语有更大的影响力。百尺竿头更进一步。

我在北大的日子·一句话

感谢北大让我在截然不同的环境、不同的思想碰撞中，遇见了可贵的朋友，经历了心境上的过渡转折，并在这座忙碌的城市中找到了不同以往却又不失丰富的定位与生活乐趣。

——2016级法学院本科生　冯若宁

北大帮我插上飞向梦想的翅膀并鼓励我勇敢飞离，于是我的故事从此展开。

——2014级哲学博士中国哲学专业　李天赐

法学院外的花园旁有一个石凳，上面书写着"桃李不言，下自成蹊"。从去往法学院图书馆学习的路上，到去请教老师学术问题的教师办公楼底下，每天都能有这石凳上这段话映入眼帘。直到离开北大进入社会，才知道进入北京大学的旅程带给我的不仅仅只是名校的明亮招牌，最重要的是北大环境耳濡目染培养我追求专业、真诚、正直的态度。就如法学院花园旁石凳上写的"桃李不言，下自成蹊"。桃李虽不言，然其芬芳馥郁，自成风骨，牵引众多慕者。北大法学院的理念与态度，我不曾忘记，也将继续实践！

——2010级法学院博士　林浩鼎

北大法学院陈明楼一楼

一盏烛光照亮了我的脸庞，岁月的痕迹和青春的汗水，留在校园的角落。

——2016级数学学院应用统计系硕士　林杰胜

从初识北大到毕业，北大教会我许多事，我在这里遇到这些美好的人事物，让我有很棒的回忆，祝福北大 120 周年生日快乐！

——2016 级地空学院硕士生　林士扬

学贯古今随良师益友，二教理教；结庐人境在东塔西湖，食堂澡堂。

——2015 级中文系硕士　潘治衡

勺园 4 号楼是我在北大难以忘怀的时光，我还珍藏着百年校庆的 T-shirt 和留学生食堂的塑料片饭票。那个没有手机号、没有 QQ、没有微信的年代，我曾经在三角地的信息栏遇到 1998 年夏天接待我们的大陆同学，希望能再次找到他。1998 年夏日的百年北大，那阳光灿烂的日子将永藏心中。

——1998 级 研修班　宋相君

一晃眼七年就过去了，那些年在燕园里发生的事历历在目，仿若昨日发生——四叶幸运草、攀博雅入未名、四环竞速、百团大战、经世济民、壮哉我大五班……我爱北大，我也想你们了！

——2012 级 经济学院 国际经济与贸易系　吴维德

　　白日为文，究学理以经世，黄昏习武，勤体魄而致用，凡戴月而不得休，总披星而难为眠。何德未明，敢期湖图；几度校园学工，孜孜矻矻，经年奋斗实践，惕惕励励，冀怀早日祖国一统，至盼刻期民族复兴，山河锦绣，再现辉煌！

——2009 级政府管理学院　伍优政

May prove the beauteous flower when next we bloom.

——2017 级软件与微电子学院 计算器技术 低碳技术与经济 叶芷吟